海峡炎ゆ

箱館奉行所始末5

森 真沙子

時代小説

二見時代小説文庫

目次

第一話　赤かぶ奉行殿《おやじ》　7
第二話　カジワラ！　49
第三話　嵐が来る前に　91
第四話　われ動かざる　124
第五話　惜春《せきしゅん》　170
第六話　榎本艦隊北上す　211
第七話　賊徒上陸　236
第八話　最期の日　269

箱館奉行所始末5・主な登場人物

箱館《はこだて》奉行所《ぶぎょうしょ》……享和《きょうわ》二年（一八〇二）、将軍家斉《いえなり》の世に、それまで松前《まつまえ》藩に委《ゆだ》ねられてきた広大な蝦夷《えぞ》は幕府の天領《てんりょう》（直轄地）となり、箱館に初めて奉行所が開かれた。ロシアが軍艦を率いて開国を迫ったのは、箱館奉行所が開かれた直後だった。この奉行所は二十年続いたが閉鎖され、再び開かれたのは三十年後の安政《あんせい》元年（一八五四）。この奉行所を守るために幕府は十八万両をもって日本初を誇る堂々たる洋式城塞・五《ご》稜郭《りょうかく》を築いたのである。ペリー来航の圧力であった。

杉浦《すぎうら》兵庫頭《ひょうごのかみ》誠《まこと》……老中水野忠精により、小出《こいで》大和守《やまとのかみ》秀実《ひでざね》の後任として最後の箱館奉行に抜擢された。四十歳。三十六歳で筆頭目付として幕閣中枢入りを果たしたが、二年後に役職を追われていた。剣は免許皆伝の腕前。

支倉《はせくら》幸《こう》四郎《しろう》……本シリーズの主人公。五百石の旗本支倉家を継いだばかりの二十三歳で箱館奉行所の支配調役《しらべやく》として蝦夷に渡る。剣は千葉道場で北辰一《ほくしんいっ》刀流《とうりゅう》の腕。小普請《こぶしん》組から外国奉行の書物方に任じられて二年めに、箱館行きを命じられた。今は杉浦奉行のもとで様々な事件に出会う。

海峡炎《も》ゆ——箱館奉行所始末5

第一話　赤かぶ奉行殿《おやじ》

一

慶応《けいおう》二年（一八六六）十月半ばのその朝、五稜郭《ごりょうかく》の箱館《はこだて》奉行所は前夜からの雪に埋もれ、濠には薄氷が張った。

朝から会議が続く奉行詰所には、赤々と火の熾《おこ》った大火鉢が幾つか置かれているが、冷え冷えとした冷気が寄せてきて少しも暖かくない。

だが床の間を背にした杉浦《すぎうら》奉行は、頬を火照《ほて》らせ額の汗をしきりに拭《ぬぐ》っている。かれは薄着・耐寒を励行している上、朝はまだ暗いうちから、奉行所恒例の寒稽古によく立ち会うという。

日頃は温厚そのものだが、稽古場では人が変わる。厳冬期の床の冷たさに堪えかね、足袋《たび》をつけて出てきた若者が殴られた。股引《ももひき》を穿《は》いていて向こう脛《ずね》を蹴られた者もいる。

「諸君らは北の防人《さきもり》だ、寒さを恐れてどうする」

「足指でしっかり大地を探れ、下にあるのは蝦夷《えぞ》の凍土だ」

「武士《もののふ》は、着物を瞬時に着脱できねばならん」

それがかれの口癖だ。若い役人にはいささか耳うるさく、陰では〝奉行殿《おやじ》〟と呼んでいた。

この朝も胴着姿で得意な槍の突きで汗をかき、稽古後にふるまわれた熱い粥《かゆ》にも舌鼓をうって、公務についたのだった。

杉浦は剣、槍、弓、馬ともに、免許皆伝の腕前と聞こえる。

それもそのはず、かれの祖父は八十まで勘定奉行をつとめ、死ぬまで居合抜《いあいぬ》きや歩行訓練を欠かさなかったという久須見祐明《くすみすけあきら》。父は無役の旗本ながら、直心影《じきしんかげりゅう》流の剣術指南祐義《すけよし》だったから、幼少よりその薫陶《くんとう》を受けて育ったのである。

武ばかりか文にも通じ、〝梅潭《ばいたん》〟の号で漢詩を詠《よ》んだ。

会議は昼頃に終わり、熱い茶を啜っての雑談になったのだが、杉浦はふと首を傾《かし》げ、つくづくと呟いた。

「しかし世の中、不思議な話はあるものだな」

ざわめきは静まり、居ずまいを正す者もいた。

「いや、そのままそのまま……ただの茶飲み話だ。実は最近、珍しい話を聞いたのだ。困窮者二人に、米を一俵ずつ施《ほどこ》した者がおったという。このご時世、奇事《きじ》と言うべきだな」

「二人に、米一俵ずつ……ですか？」

驚きの声が上がった。

「というと計二俵！　これは奇事です」

末座に控える支倉幸四郎《はせくらこうしろう》もそんな話は初耳で、何かオチのある冗談だろうと思った。

だが組頭の高木与惣左衛門《たかぎよそざえもん》が、大まじめに後を引き取って言った。

「町名主からの届け出によれば、二日前の夜半、大町《おおまち》に住む二軒の家の前に、覆面した男が米一俵ずつ置いて行ったと……」

「覆面ですか！」

「米をもらったその果報者とは？」

などざわめく声に、高木が答えた。

「その困窮者は、二丁目の九左衛門《くざえもん》と、一丁目の来助《きすけ》である」

覆面男は、まず九左衛門の家の前に米俵を置き、その一刻後の四つ（十時）頃に、来助の家の前にも置いた。居合わせた者が驚いて名を問うたが、何も答えず立ち去ったという。

「むろん施された側は、腰も抜かさんばかりに驚いた。二人とも他人様《ひとさま》に無心こそすれ、与えられることには無縁の輩《やから》だ。これは何かカラクリがあるに違いない、と後難を恐れて届け出た」

説明が終わると、杉浦奉行は傍らの手炙《てあぶ》りに手をかざし、笑いながら問うた。

「……この美談、おのおの方はどう解くか」

皆は顔を見合わせた。

この話が格別に騒がれる裏には、近来まれに見る米不足があったのだ。全国的な不作に加え、六月からの長州《ちょうしゅう》戦に備えて、米が大量に買い占められた。

米が穫れない蝦夷地では、年間に十五万石を、奥羽《おうう》諸藩からの入港米に頼っている。それが届かなくなり、この夏には市中の小売店から米が消えた。わずかに並べられても、のけぞるほどの高値だった。それまで一両だった米一俵が、今は五両近い。

ちなみに箱館の人口は一万四千人、近在や出稼人を加えると四万七千人だ。周囲の海ではニシン、ホッケ、イカ、イワシなどが無尽蔵《むじんぞう》に獲れても、これだけの人間に米が行き渡らない。

すでに市中で騒動が起こっており、杉浦奉行はこの四月に小出大和守《こいでやまとのかみ》の後を引き継いで以来、米対策に頭を悩ませ続けてきた。

人々が、薄くのばした粥に、土の中に埋めておいた凍りかけの五升芋《ごしょいも》（馬鈴薯《ばれいしょ》）を混ぜて啜っているところへ、二俵もの米をポンと施す者が出現したのである。騒ぎになって当然だった。

「こりゃァ、間違いなく義賊のしわざですな」

一人が首をひねって言った。

「このせちがらい世の中に、美談があるわけがござらん。どこぞの金持ちから盗んだ米を、世話になった者に横流ししたのでござろう」

「ところが、蔵を破られたという被害届けは、今のところ出ておらんのだ」

組頭の荒木済三郎《あらきせいざぶろう》が言い添えた。

するとお茶を啜りながら、首を振る者がいた。

「いや、何かの宣伝活動ではないですか。美談仕立ての施しは、邪教の宣伝の第一でござろう。〝施す者は幸いなり〟とか何とか……」

「しかし一升二升ならいざ知らず、米一俵はケタが違いますよ。それに、貧乏根性かもしれませんが、一人に一俵施すより、百人に一升ずつの方が宣伝効果がありませんかね」

座は騒然とし、てんでに意見が飛び交った。

「しかし、なぜ九左衛門と来助ですか」

「あの大町には富裕な大店《おおだな》も多いが、一本奥に入ると、困窮者がうじゃうじゃおるですよ。心当たりがないと申しても、本人らが気づかぬだけで、白羽《しらは》の矢が立つ理由があるのでは……？」

「いかにも」

年配の調役《しらべやく》が、名案が浮かんだようにポンと膝を叩いた。

「こうは考えられませんか。ご存知のように先月、あの近くの内《うち》濶町《まちょう》で、大火事がござった。あの辺りには、福島屋《ふくしまや》のような大店もあります。この二人は、そんな大店にいち早く飛び込んで、消火を手伝ったのではないですか」

「そうそう、貴重な家財を運び出したり……」

「煙に巻かれて死にかけた大旦那を助け出したり……」

頷きながら、皆が口々に助太刀《すけだち》する。

老調役は得たりと頷いた。

「二人は命がけで働いたが、謝礼など受け取らなかった。そこで大店の主人、大いに発奮して、覆面男に義賊を演じさせた」

「こりゃ、間違いなく美談ですな」

と皆は頷き合った。

「なるほど、大いにあり得ることだ。この二人について、詳細は分かっておらんのか？」

杉浦奉行も頷いて、荒木に問うた。

「ああ、申し遅れました」

と荒木は町名主からの報告書を開いて、次のように説明した。

「来助は自称通弁《つうべん》で……ま、いわゆる〝ハコダテ英語〟でしょう。女房はここらで言う〝雁《がん》の字〟だったそうです」

雁の字とは、旅籠町《はたごちょう》界隈で酌《しゃく》をして春を売る私娼のことだ。内澗町では〝風呂敷《ふろしき》〟、大町では〝菰被り《こもかぶ》〟などと隠語で呼ばれ、人々は決して娼婦とか遊女とかは言わない。

積み荷人足だった来助は、博打《ばくち》に溺れ、女房を酌取女にするほど落ちぶれていた。

その女房に逃げられ、老母と赤子を残されてから、時間に縛られない〝通弁〟になったらしい。

かれらはいつも、異人向け遊女屋の軒先で張っている。

「ハラショー」「グッモーニン！」「メイアイヘルプユウ?」「ドン・ウオーリー」

……等々、知る限りのカタコト外国語で客に話しかける。それが異人には〝通弁のキスケ〟と便利がられ、使い走りを頼まれるという。

その駄賃《だちん》でかれは細々暮らしていた。

一方の九左衛門は三十前後で、関東の小藩の脱藩者という。

斬り合いで左腕を失くしたが、今も刀だけは肌身離さず〝剣豪〟と呼ばれていた。残った右腕で筆を持ち、〝千蔭流《ちかげ》〟の触れ込みで書道塾を開いているが、弟子は近所の子が三、四人という。

「来助はともかく、近所の洟垂《はなた》れ相手に稼ぐこの浪人が、火事と聞いて駆けつけるとも思えません。むしろこの御仁、何かしでかして潜伏しておるのでは、と長屋の連中は疑ってるそうで」

「その二人の関係は……」

と幸四郎が言いかけると、荒木は言下《げんか》に答えた。

「ない。家は離れており、互いの顔も知らないそうだ」

「しかし両者をつなぐ、何か共通点は……」

「それは一目瞭然、二人ともその日暮らしの貧乏人ってことだ」

荒木の明快な答に、笑いが起こった。かれはニコリともせず、頬髭を生やした角張った顔を奉行に向けた。

「お奉行、念のため、この米の出所を調べてみますか？」

「いや、放っておけ」

杉浦は顔をしかめて苦笑した。

「あまりの奇事ゆえ、申してみたまでのこと。米を盗まれた者がおらぬ限りは、これは美談だ」

二

その日、所用を終えて幸四郎が馬で運上所《うんじようしよ》を出た時は、短い冬の日もかげっていた。

海風が鋭利な刃のように冷たく、思わずかれは外套の襟を掻き合わせ、頭巾の紐《ひも》を締める。この寒さの中、無数のウミネコが海面すれすれに旋回し、鳴き騒いでいる。

大通りの雪は黒ずんで、何本もの馬そりの轍《わだち》がついていた。それを辿って進んで行くと、繁華街に出る。軒行灯《あんどん》の火が揺らめく横町を入り、『豊島屋《としまや》』の前で馬を下り、口取りの七平《しちへい》に預ける。

かじかんだ手をこすり合わせて暖簾《のれん》を潜ると、

「……らっしゃいまし！」

と威勢のいい声に迎えられた。

「お連れさまは、ほれ、もうお見えですよ」

馴染《なじ》みの太った仲居が指さす方向を見ると、莨《たばこ》の煙に淀《よど》んだ薄暗い入れ込みの一画で、平澤屛山《ひらさわびょうざん》は胡座《あぐら》をかいて呑んでいた。

「今日のおすすめは、旬の真ダラのちり鍋でございます。臓物と白子《しらこ》は、すぐなくなりますよ」

と仲居は抜け目なく囁《ささや》く。

「よし、それにしよう。それと熱燗をすぐにたのむ」

注文して座敷に上がり、屛山の前に座った。

「や、先日はどうも……」

と屛山が先に頭を下げ、二人は頭を下げ合った。

屛山は、絵馬《えま》描きから身を起こした奥州出身の絵師で、アイヌの生活を精緻《せいち》に描くことで異人達に人気を博した。

だが酒好きであまり仕事をしないため、〝絵馬屋《えんまや》の呑んだくれ〟の異名がある。苦情は奉行所に寄せられ、絵の催促はもっぱら幸四郎に回ってくるのだが、この日ばかりはそうではない。

先月半ばの宵の口、近くの内澗町に火の手が上がった。海風に煽《あお》られて火は山側へ這い上り、地蔵町、大工町などの三百七十世帯が灰燼《かいじん》に帰した。

横町の長屋に住む屛山は、着の身着のままで救出されたという。

奉行所は被災者全員に饅頭《まんじゆう》を振る舞い、困窮者には一人当たり五升のお救け米を放出した。

「しかしとんだ災難でした。幾らか落ち着きましたか」

「いんや、ゆるぐねえッすよ。何もかも焼けちまって……」

絵師は、訛《なまり》の強い口調で説明した。

「酔っぱらってぐっすり寝とったら、鼻ッ先に何かスウッと煙の匂いがしたでね。火事かと思ったが、いい心持ちだで、起きるのも面倒だ。なんも慌てることたぁねえ、と寝たふりばしとったら、半鐘が擦《す》り半《はん》でねえか」

〝擦り半〟とは、火元が近いことを知らせる半鐘の四連打で、カンカンカンカン、カンカンカン……と激しく打ち鳴らされる。

「……こりゃいかんと思ったども、こいつァ夢だ、そのうち醒《さ》めると思ううち、誰かが走り込んできて、起きれ、なして起きねえ、と枕ば蹴飛ばしやがった。何すんでェ、おらァ、火ちゅうもんばよく見てェんだ……とか何とか。気ィついたら、お救け小屋に寝かされておったんじゃ」

幸四郎は、屏山先生らしいとつい笑いだした。

「火元は、七軒先の備前屋吉郎兵衛《びぜんやきちろべえ》の家だそうでな。風上だで、風に煽られて、うちの長屋なんぞ丸焼けだ……」

湯気のたつ鍋、食材のもられた笊《ざる》、七輪《しちりん》がどっと運ばれてきた。

「煮立ったらタラと野菜をいれてくださいよ」

と言い残し仲居は忙しそうに立って行く。何気なく周囲を見回した幸四郎は、ふと妙なことに気がついた。

斜め向かいの席に、浪人らしい男がこちら向きに座っている。仕切りの衝立《ついたて》に邪魔されて、見えるのは男の左半身だけだ。

懐手《ふところで》をしているようなのだが、その色褪せた縦縞《たてじま》の丹前《たんぜん》の袖が、何となくふわふわして頼りなく、薄べったい。

それとなく見るうち、分かった。袖の中身がない、つまり片腕なのである……。

幸四郎は、今日聞いたばかりの話を思い出し、目が離せなくなった。

この辺りに、片腕の男が、そう何人もいるとは思えない。とすればこの男が、話題の九左衛門だろうか。

そんなことを思い返しつつチラチラ見ていると、その視線に気づいたものか男はつと立ち上がり、背後の通路を通って出口の方へ向かった。

一瞬見えたその横顔は、やや苦み走って青白かった。

その後を、小柄な町人ふうの老人が背を丸めてついて行く。

ぼうっと二人の後ろ姿を見送る幸四郎の視線に、ちょうど酒のお代わりを運んできた仲居が気がついた。

「さすが支倉様、お目が早いですこと。そう、あれが噂の九左衛門さんですよ」

「ほう」

図星だったか、と幸四郎は思わず笑った。

実を言えばこの寒い中、所用の帰りに屛山をここに呼び出したのも、噂《うわさ》の二人が住む町がここから近く、もしかして呑み屋辺りですれ違わないか、常連の屛山から何か聞けないか、というささかの野次馬精神からだった。

「あの者は、どんな善行を積んで米一俵にありついたのか」

誘うように言うと、太った仲居はころころと笑った。

「ほほほ……皆さん、そうおっしゃいますよ。もういろいろ噂が乱れ飛んで、何が本当やら分かりません。例えば……陰で来助さんとつるんで悪事をしていなさるとか」

「どんな悪事だ？」

「なんでも異人狩りとか……。それについてはこちらの師匠がお詳しいでしょ。ようちでご一緒されてますもの。さあ、屏山師匠、呑んでばかりおいでにならず、少し教えて差し上げて……」

と仲居は話の穂先を絵師に預け、忙しそうに席を立った。

「おんや、支倉様も、あのお侍ば追っていなさるだかね」

「他に、誰が追っているんです？」

「借金取りですわ。あちこちに借金ば溜めてるでな。今、後ろからくっついてったのは、酒屋の番頭です。あんなのが取っ替え引っ替え現れちゃ、米一俵ぐらいじゃ割に合わんべさ、ははは……」

笑うと、前歯が欠けているのが見える。

「来助とつるんで、異人狩りをしているとか？」

「噂じゃね。来助が誘って呑ませ、帰りに剣豪が暗がりでバッサリと……。後は懐を探って、死体は海に放り込む。外国相手の新手《あらて》の商売ちゅう噂もあるだでな」

そういえば箱館湾からは、たまに身元不明の異人の溺死体《できし》が上がるのだった。

「では九左衛門の正体は、辻斬《つじぎ》りですか」

「噂じゃそうなるべのう」

「それ、本当なら、いずれ国際問題になりますよ」

グツグツ煮え立つ鍋を泰然とつついていた屛山は、驚いたように目を上げた。

「わしに言わせりゃ、そんな噂はでたらめだがね」

（この呑んだくれ師匠めが！　おれの野次馬根性を笑ってるのだ）

「揶揄《からか》わないでくださいよ。本当のところどうなんです？」

「辻斬りなら、殺気なんぞもあろうはずだが、あのお侍、わしの見たところ、玉ァ抜かれた貧乏神ちゅうとこだね。大体、あの腰のものは竹光《たけみつ》だで、人なんか斬れんべさ」

屛山の皮肉な口調に、幸四郎はアッと思った。

竹光とは盲点だった。〝剣豪〟だの〝片腕〟だのが目くらましになり、てっきり腰のものだけは立派な刀と思い込んでいたのだ。

「ではあの一俵の施しを、どう思いますか？」

「ま、天狗のしわざだべな」

白菜をつつきながら、屏山は言った。

「天狗は顔ば見せん。この有り難いお方も、顔ば見せられんお人だで。まあ、いずれにせよわしゃァ、米一俵より、酒一升の方がいいね」


噂はすでに、家にまで広まっていた。

その夜遅く帰った幸四郎が、冷えた手足を囲炉裏《いろり》の火で暖めていると、家僕の磯六《いそろく》が陶製の湯たんぽを二つ抱えて居間に顔を出し、薬罐《やかん》のお湯を頂きたいという。囲炉裏にかかる大きな薬罐では、しゅんしゅんと湯が煮立っている。

幸四郎は磯六を引き止め、寒くて眠れぬからと、ウメに熱燗を一本つけさせた。ウメはすぐ酒の支度をし、ニシンの大根漬けを添えて出した。

磯六は長い顔を笑み崩し、囲炉裏端に座り込んで酒の相伴《しょうばん》をしながら、思い出すように言いだした。

「実は今日、大町の『福寿園《ふくじゅえん》』で、面白い話を聞きました……」

「米一俵の美談だな？」

「あ、もうご存知でしたか。いや、大変な騒ぎでしたよ」

福寿園は大町にある薬種問屋で、磯六は多くの薬草をここから仕入れてくる。先月の大火で水浸しになった店を修繕し、今日開店したという。

「お客がずいぶん詰めかけたのは、祝いよりも、義賊がこの近くに現れたからでしょう。このご時勢、明るい話題がないから……」

「何が明るいもんですか。米二俵もポンと出すなんて、悪党に決まってるでしょうが」

とウメまでが口を挟んだ。

「だいたいそのお侍、〝異人狩り〟の常習だそうじゃありませんか」

「それはただの噂でね」

と磯六は言いかけて、ハッと思い出したらしい。

「それはそうと『柳川《やながわ》』の熊吉《くまきち》親分と会いましたよ、文倉様によろしくと……」

「博打《ばくち》打ちの親分が、福寿園に？」

「はい、あの親分は、酒も煙草《たばこ》もやらない分だけ、灸《きゅう》や漢方薬に凝っておいでで、いつも自分で買いに来るそうですよ」

小料理屋『柳川』は、大町の坂を上がった天神社の境内にある。亭主の熊吉はその一方で、六百人以上をたちどころに動かす口入《くちい》れ稼業だった。

「親分は、人足だった頃の来助を覚えてました。風采の上がらん、足腰のがっちりした金太郎《きんたろう》のような男だったと……」

と磯六は笑って、残りの酒を啜った。

三

それから数日後の打ち合わせの席だった。

「……和州《わしゆう》殿から書状が届いた」

と言って杉浦奉行が一通の書状を皆に回した。

和州とは、前任の小出大和守のことである。

「おう、これは……」

廻ってきた書状に目を向け、幸四郎は思わず声を上げた。そこには懐かしい、端正な字が並んでいたのだ。

小出前奉行はこの五月、杉浦と交代して〝カラフト巡察〟を命じられたが、その幕《ばく》命《めい》を返上して江戸に帰ってしまった。

考えてみればそれからというもの、凶事続きだった。

米不足に喘《あえ》いでいるところへ、山麓の町を大火が呑みつくした。

その対策に大わらわの奉行所を、江戸からの悲報が打ちのめした。将軍家茂《いえもち》が、長州戦の大本営大坂城で薨去《こうきょ》したと。

続いて〝幕軍敗れる〟の急報だ。長州の高杉晋作《たかすぎしんさく》率いる奇兵隊《きへいたい》三千五百に、十五万の幕軍が大敗を喫したというのである。

「勝ち戦じゃなかったのか！」

と驚きの声が挙がった。

江戸の箱館奉行所からは〝幕軍優勢の趣《おもむき》〟と知らされていて、皆は勝っているものと思い込んでいた。それがひっくり返っては、幕府の威信もがた落ちである。

もっとも、幕府からのお達しは〝休戦〟だった。

「喪《も》に服すため、しばらく兵事は見合わす」

そんな凶報相次ぐ中で、小出大和守に関する情報だけが、唯一の明るい吉報と言えた。

「ロシア政府へ使節を送り、国境画定を急ぐべきだ」

長く幕府に無視され続けてきたそんな小出の主張は、かれ自らの手で貫かれた。将軍家茂への拝謁は叶わなかったが、小出は最後の賭けに出た。京にいる一橋慶喜《ひとつばしよしのぶ》に活路を見いだし直訴《じきそ》したのだった。

「もっともである」

と慶喜が理解を示したことで、『遣露使節《けんろ》』は陽の目を見た。この危急存亡の折、ひとりカラフトに心を砕き、東奔西走する信念の幕臣に、怜悧《れいり》な慶喜も一驚したに違いない。

小出は外国奉行を拝命し、遣露使節の〝正使〟に任じられた。

八月、小出はそのことを杉浦奉行に書状で知らせてきた。

それによると使節団は史上最小の十六名という。その随員の数名は箱館奉行所から選びたい、とかれは急ぎの人選を頼んできた。

これを喜んだ杉浦は、ただちに高木組頭と相談して五人を抜擢《ばってき》し、わずか両三日の支度で、江戸に送り出した。組頭橋本悌蔵《はしもとていぞう》ら、北方事情に通じた練達の三人と、志賀《しが》浦太郎《うらたろう》ら通詞《つうじ》二人である。

今朝届いたという小出からの書状は、慌ただしく箱館を発ったその五人の、無事の江戸入りを伝える礼状だった。

「一行はこの十月初め、フランス船で横濱《よこはま》から出帆すると……御使節は今はもう洋上にあるな」

書状を巻き戻しながら、杉浦は日を数えて言った。

「この後、マルセーユからパリを経て、ペテルブルクには十二月半ばに入るという」

（マルセーユからパリを経て、ペテルブルクへ……）

何と夢に満ちた響きであろう、と幸四郎は憧れた。

見知らぬ異国の都市が、幻影となって脳裏を駆け巡り、一瞬ぼうっとした。切腹もあり得たきわどい中を、疾風のごとく駆け抜けていった小出を、誇らしく思った。

同時に自分が随員になれなかったことを、人知れず悔しがった。もう一度、小出の下で働きたい、という思いが今も胸に滾《たぎ》っていた。

へマばかりしていた新米の自分が、この地で務められたのは、目の前に小出がいたからだと思う。

そんな折も折、奉行所にも〝奇事〟が発生した。

奉行の近習らが、生活難を訴え手当の増額を要求して、詰所に引きこもってしまったのだ。箱館奉行所では、前代未聞の珍事である。

「もってのほか！」

とそれを聞いた杉浦は、顔を真っ赤にして激怒した。

「まして職責放棄とは何ごとか、奉行所役人として不埒千万《ふらちせんばん》である！」

思いもよらぬ緊急事態に、朝から組頭らが慌ただしく奉行詰所に出入りし、廊下をひっきりなしに足音が往来した。

直接の掛りではない調役たちは、いささか意地悪な目で騒ぎを見守った。

幸四郎が意外に思ったのは、批判の矛先《ほこさき》が、事件を引き起こした近習らより、〃もってのほか！〃と吠えたてる奉行に向かっていたことだ。

「お奉行は舐《な》められておるな」

「今まであり得なかったことだ」

「何事にも呵々《かか》大笑の穏便主義だから、すれっからしどもにつけ込まれるのだ」

と皆、杉浦奉行に厳しい目を向けるのだった。

その底にあるのは、〃小出奉行の下ではこんなことはなかった〃という思いであろう。

一方、近習の中には、なかなか目端《めはし》のきく開明的な才人がいる。

例えば福士卯之吉《ふくしうのきち》である。かれは御船大工頭領見習いのかたわら、イギリス商人ブラキストンから、気象観測や、機械の仕組みを教わっていた。一般の日本人には、恐ろしい化け物のように思える文明器具を、卯之吉はいとも軽々と扱う。

その才を杉浦は重宝《ちょうほう》がっていた。

〝値上げ〟を要求する才覚など、一般の近習には有り得ないものだから、今度の騒ぎはあの卯之吉あたりの煽動ではないか、などと勘ぐる者もいたのだ。

ともあれ杉浦は、厳しい局面に立たされた。

幸四郎は、いささかの同情を覚えずにはいなかった。おそらく杉浦は、歴代奉行の中でも、最も困難な時期に奉行になった人物ではないかと。

杉浦兵庫頭誠《まこと》、四十歳。

背は低めで、眼光鋭く、声はよく鍛えられて太い。この冬から総髪にしたのは寒さ対策のためで、月代《さかやき》を剃らず前髪をのばして、髷《まげ》を結っている。立ち居振る舞いは堂々とし、苦節の年輪を端々に滲ませて、威厳があった。

ただその尊顔は、寒さ暑さにつけて赤くなり、よく汗をかく。

この近習騒動では、その赤い顔をさらに赤らめて立腹したため、温厚な杉浦を見慣れている一同は、大いに驚いた。

日頃から〝奉行殿《おやじ》〟と呼ばれていたが、

「あれじゃ〝赤かぶ〟だ」

と皮肉な誰かが口走ってから、〝奉行殿〟の前に赤かぶがついた。

ただその〝赤かぶ〟は、ロシア料理に使われる真っ赤なビーツのことと、誰もが了解している。ロシア人の多いこの町では目に触れる機会が多い。

もちろん有能な奉行であることは、誰もが承知している。

つまるところ前奉行の光が強すぎたのかもしれない。杉浦をどこかで揶揄《やゆ》することで、皆は前奉行を惜しんでいるのだった。

その日、皆の関心が近習の〝反乱〟に集まっているのをこれ幸いと、幸四郎は職責外の調べごとに少々の力を割くことにした。

あの〝美談〟に興味があり、暇をみて少し探りを入れてみようと思っていた矢先である。

今までの聞き込みでは、九左衛門と来助の〝共通点〟は上がっていない。だが〝剣豪九左衛門の刀は竹光〟との重要な指摘から、それまで見落としていた質屋に目を向けてみた。

大町、大黒町には質屋が多かったから、同心の杉江甚八《すぎえじんぱち》に当たらせ、九左衛門の刀があるかどうか調べさせたのである。

　その結果、件《くだん》の刀は、少し離れた大黒町の質屋に入っていることが分かった。それは〝関の兼平《かねひら》〟という美濃《みの》の名刀で、期限が来て流れそうになると、高額の利息分を払い込んで止めていることが分かった。

　九左衛門の質草は刀だけで、大事な刀を一年前に質入れして以来、請《う》け出したことは一度もない。少なくともこの〝関の兼平〟を使っての辻斬りは、あり得なかった。

　さらに来助を調べてみると、かれもまたこの質屋に、ここ二、三年、通ってくる客だったと判明した。その質草については、ほとんどが高級な簪《かんざし》や帯留めなどの女物だという。

「来助は、遣《や》り手（ぽん引き）まがいのこともしてるんで、どうやら遊女からの貰いものですね。少し背後を洗ってみますか？」

　と杉江は言った。幸四郎は腕組みをしてしばし思案のあげく、密偵を使って二、三のことを調べるよう指示した。

　ところで近習らの反乱は、その日のうちには呆気《あっけ》なく片がついた。

　杉浦は怒り狂いながらも、激しい罵声《ばせい》とはうらはらに、ごく慎重な姿勢をとった。もし事が江戸に知れれば、必ずや近習らは免職になるだろう、そればかりか杉浦の指導力も問われることになる。

そこで奉行自身は何も知らぬこととして、組頭に密かに説得にあたらせ、懐柔して揉み消す……という大人の策を弄《ろう》したのだ。

その日のうちに無難に収めたのはさすが幕府の元目付《めつけ》……と意地悪な観察者どもも、その手腕に一定の評価を見せた。

だがそれからというもの、幸四郎ら一部の不心得者は、杉浦に対し〝赤かぶ奉行殿〟という密かな愛称を奉《たてまつ》ったのである。

四

暦《こよみ》がめくれ、十一月となった。

一日は奉行所の休日である。

幸四郎はいつも通りに寒稽古に参加したが、この朝も杉浦は姿を見せ、得意の槍の突きで皆を元気づけた。

この後かれは湯川《ゆのかわ》海岸まで、鰯《いわし》漁の見物に出かけて行った。

最近この沿岸に大量の鰯が回遊し、漁民を大いに潤《うるお》していたのだ。それも一日に二万石という規模の大漁だったから、米不足とは皮肉な対称だった。そのほとんどは搾《しぼ》って油を取り、かすは〆粕《しめかす》（肥料）として重用《ちょうよう》される。

幸四郎はといえば、昼前からあちこち馬を飛ばして、〝美談〟についての調べごとに一日を費やしたのである。

夕刻、軽い雷鳴が轟いて雪が舞い始める中、弁天《べんてん》町の海辺にある古書店『弁天堂』まで馬を進めた。

このところ、この古書店に寄ることが多くなっている。

カビ臭いその棚に並ぶのは大半が洋書だったから、たまにイギリス人やロシア人の客と出会い、肩を並べることもある。この日は、英語で書かれたフランス紀行の書物を買い求めた。

勘定はツケで、本を風呂敷に包んでから上がり框《かまち》に腰を下ろし、五つ六つ年上の店主保吉《やすきち》としばし雑談に興じた。

「フランスに興味がおありで？」

店主にそう言われ、幸四郎は苦笑した。

「行くのはとても不可能だから、せめて書物でパリからペテルブルクへ旅してみたくなった」

話題は自然と例の美談に向かい、背後の天狗は誰か、一体何のために……などの噂で盛り上がった。そのうち保吉は女房と頷き合い、幸四郎に笑顔を向けた。

「今日はもう店仕舞いします。実は、ぜひ食していただきたいものがあるんで、ちと一杯付き合ってくださいよ」

言いながらガタガタと表戸を閉め、奥から酒の徳利を運ばせた。

この春まで帳場に座っていた老齢の先代は、桜の頃に脳卒中で他界してしまった。かれは関東の脱藩者で、箱館では、紙屑拾いから身を起こしたという。

ロシア病院や、外人居留地では、帰国する将校などが読んだ書物を捨てて行く。それを拾い集めることに気づき、居留地近くの露天に並べてみたら、意外に売れたのが始まりという。

二代目はそんな苦労を知らないが、店はそこそこ客を集めていた。妻女が一回りも若くて別嬪《べっぴん》で、たまに帳場に座ると、薄暗い店内に天女が降り立つようだと評判だった。

今、その美人女房が、大きなカレイを焼いて運んで来た。

「今朝、手前が近くで釣ったもので、脂がのって美味《うま》いです。ぜひ焼きたてをご賞味いただきたくて……。あたしゃ米がなくても、魚で生きていけますよ」

と保吉は言い、熱々の魚にじゅっとスダチを振りかけた。

「しかし亭主、焼きたての魚で食う米の飯の旨さは……」

幸四郎が魚の身を箸ですくって言いかけた時、誰か外で、戸を叩く者がいた。

すでに六つ半（七時）を過ぎている。店主は表戸を閉めたが、幸四郎がいるので、軒行灯だけ灯けていたのだ。

「すみません、もう店仕舞いしたんで、明日またお出かけを……」

という保吉の声に、相手は戸を叩きながら怒鳴り返してくる。

「裏の又八《またはち》だよ、橇《そり》を返しにきたんでさァ」

「ああ、又さんか……」

保吉は表戸を開けながら、幸四郎に説明した。

「臨月のかみさんが、急に産気づきましてね。産婆の家まで、うちの大橇で連れて行ったんですよ」

表戸が開くと、凍りつきそうな寒気が吹き込んでくる。風に押されたように、商人ふうの小柄な男が転がり込んできた。

「ひャァ、凍《しば》れるのう。晴れた日の夜は冷え込むのう」

「で、どうでした？」

「明け方頃っちゅうこって。それより旦那、ちっと妙なことが……」

言いかけて行灯の明かりで、幸四郎に気がついたらしい。

「あっ、こ、これはお武家様で……」

「こちらは奉行所のお役人で、うちのお客さんだ」

すると男は何を思ったか中に踏み入ってきた。それを機に幸四郎が立ち上がって身支度にかかると、男は慌てたように言った。

「あの、ちょっといいですかの。手前はこの裏で魚の小商いをやってる者ですが、じ、実は先ほど、坂の上で妙な物を……」

かれは緊張と焦りのあまり、どもったり、舌を嚙みそうになったりした。

それ、気つけ薬だ、と幸四郎が差し出した酒を、ぐっと飲み干すと、人心地ついたように勢いづいた。

「どうもすまんこって。へえ、実はつい今しがた、坂の上まで橇を引いて行ったんだが……。いえね、もうすぐヤヤコが生まれるってんでつい浮かれちまって、帰りは道に迷っちまって……」

近道のつもりで路地に入り、やみくもに路地を出入りするうち、ある蔵の前を通りかかった。

「それが何だか変なんでさ……。蔵の扉が開かれ、米俵を運び出そうと、明かりもつけず真っ暗な中を男どもが、声をたてずに動いておる……。米泥棒？　と思ったとたん、迷い道も何のそので、夢中で戻ってきたようなわけでして……」

聞きながら、幸四郎は手早く懐から襷《たすき》を出してかけ、刀を腰にさしている。この手際は、杉浦仕込みだった。それを見て、又八は驚愕したように声を震わせた。

「あ、あの、お武家様、どこに行きなさるんで？」

「その蔵だ、これからすぐ現場に案内してもらおう」

「ええっ、し、しかし……」

「話は相分かった。弁天堂、坂を上がった辺りの路地にある蔵といえば、どこの蔵だ？」

「あの辺りに並ぶ米蔵といえば……大倉屋《おおくらや》のものですかね」

大倉屋は、西部地区では一番大きな米問屋である。

「あの辺りは蔵ばかりで、人けがござりませんでな。母屋は離れておるし、暮れ六つ過ぎれば人影がぱったり途絶えてしまい……」

その時、弁天堂の話を遮るように、馬掛りの七平が、慌ただしく店に入って来た。

かれは近くの番小屋に馬を預け、自分はあらかじめ幸四郎に命じられていた大倉屋の蔵まで行き、監視を続けていたのである。

「ただ今、米を運び出しております！　手前は番所に一走りし、警備兵を呼んで参ります」

「よし、ただちに騎馬を二騎ばかり、大倉屋の蔵まで案内して参れ。ただし私がそこにいなければ、雪の足跡を見て、後を追ってもらいたい。何があっても、合図するまで手出しはするな」

保吉と又八は、何ごとが起こったか理解出来ずに、ただ呆然と突っ立っていた。

だが幸四郎は向きなおり、お構いなしに言った。

「弁天堂、馳走になった。又八、案内せよ」

五

……ということで、〝賊〟は呆気《あっけ》なく御用となったのである。

捕縛された場所は、山を東に回り込んだ、蓬萊町《ほうらいちょう》の貧民小路の長屋の前だった。

かれらは米俵を、貧しげな裏店《うらだな》の軒先に置いたところで、密かに馬で後をつけてきた幸四郎に誰何《すいか》されたのである。

「奉行所の巡回だが、ぬしら、こんな所で何をしておるか！」

と一喝すると、

「米を運んだだけでございます、何も悪いことは致しておりません！」

と相手は平伏しつつも言い返してきた。

「夜分に米俵を運ぶなど、盗賊とおぼしき怪しき振る舞い。申し開きは奉行所で聞こう」

幸四郎はそのように、有無を言わさず奉行所に引きたてた。

〝賊〟は米俵を、馬橇で運搬していたため、尾行は簡単だったのだ。

番所から駆け参じた二騎と七平がすぐその尾行に加わり、幸四郎の背後に従ったから、総勢五人を相手にして、〝賊〟はすぐに観念したようだった。

幸四郎が直接会って、身元を糾《ただ》した。

「はい、手前は大倉屋の手代新吉《しんきち》にございます」

と年長らしい新吉が、観念したように言った。

見つかった場合はジタバタせず正直に喋ってしまうよう、主人に言い含められている……と幸四郎は見た。その主人は、奉行所の調査能力の凄さを、知り抜いているのだった。

「先般、大町の困窮者二人に米を施《ほどこ》した者がおる。片腕の浪人九左衛門と、来助だが、それもお前らに間違いないな」

「はい、仰せの通りにございます……。確かにお二方に、一俵ずつ差し上げました。すべて主人大倉屋嘉平《かへい》の命令でござります」

あっさりすべてを認めたため、二人の調べはそれで終わった。

その時分には、二人の引き取りを命じられた主人嘉平が、黒紋付と仙台平《せんだいひら》の袴《はかま》に威儀を正してあたふた出頭して来た。

五十一歳の白髪痩身で、折り目正しい人物だった。

「手前が、大倉屋主人、大倉嘉平にございます」

とかれは畳に額をこすりつけて、よく透る声で言った。

顔を上げよの声に、目を伏せたまま顔をわずかに上げた。

その端正な顔にじっと視線を注ぐ幸四郎は、〝天狗〟の面がずり落ちて、その下の素顔を垣間《かいま》見たような心地がした。

目は畳に落としたままのその顔は、細く色白の三角形で、まるで雛壇にならぶ左大臣のような品《ひん》の良さだった。

「店の者に米を運ばせたのは手前に相違なく、夜分、まことにお騒がせをば申し上げました」

と慇懃《いんぎん》な口調で言い、それきりしんとして次の言葉を待つ。

何故この時間に米を運ばせたかの問いに、

「世話になった者に、せめてものお礼のつもりでございました」

と端正な表情を崩さず、澱みなく答えるのだった。

九左衛門については、倅の書の師匠であり、来助については、火事の時に消火を手伝ってもらったことを挙げた。

「本人は受けとらぬし、昼間では目立ちますので、世間体《てい》をはばかり、陽が暮れてからに致した次第……どこからどこまで悪意や下心など、さらさらございません」

米を施される側の迷惑を考えたことはあるか、の問いには、

「このご時勢、米をもらって迷惑する者がおりましょうか？」

と逆に問いかけて来る腹の据え様だった。

「何と申されようとも、手前には下心も悪意もございません。もし困窮する者に米を施すのが罪とあれば、この嘉平、世間知らずの咎で、甘んじて罰を受ける所存にござります」

と一歩たりとも引かず、どこまでも悪びれぬ態度を貫くのだった。困っている恩人

に米を与えてどこが悪い、と開き直られて、幸四郎はたじたじとなった。

「たとえ善意から出ており、誰をも刃傷《にんじょう》しておらぬとはいえ、人騒がせの咎はあろう。今夜は遅いからとりあえず帰宅致し、明日は在宅して、お奉行の沙汰を待つように」

そう申しつけて、二人の奉公人を引渡し、帰したのである。

最後まで一度も目を合わせず、俯いたままだった白く整った面差しが、目の奥に焼き付いた。


「……そなた、あれからずっと調べておったのか?」

翌朝、幸四郎の報告を聞いた杉浦奉行は、呆れたように頬を赤く火照《ほて》らせて問うた。

「いえ、実は市井《しせい》の噂が少々耳に入ったので、少し探ってみただけでございます」

「参考までに、詳細を聞かせてくれんか」

「二人の共通項は、まずは質屋でした。来助は簪や帯留めなど、高価な女物をよく質入れしております。九左衛門は質屋に刀を入れており、その高利を一年以上も払い続けておりました。で、さらに共通項を絞り込んでみたところ、〝女〟ではないかと
……」

「ふむ……しかし、来助の方は分かるが、九左衛門がなぜ女がらみだと？」

「身辺を洗ってみて想像がつきました」

その暮らしは貧しく、外出といえばたまに着流しで、夜フラリと賭場に出かけるぐらいだ。昼は狭い長屋で私塾を開き、近所の子に〝千蔭流《ねんしゅつ》〟の書を教えていた。

この貧乏暮らしで、どこから質屋の利息を捻出しているのか、と怪しんでいるところへ、意外な聞き込みがあった。

「あの師匠、見かけによらず好き者ですよ。まずは、あの腕ですがね。他人様《ひとさま》の恋女房を寝盗《ねと》って、その亭主からバッサリやられたって噂ですぜ。命まで奪われそうになって、蝦夷まで命からがら逃げてきたそうですよ」

それが本当ならば、共通項は〝女〟だと考えた。

だが周囲にまるで女けはない。

ふと思いついて、通ってくる近所の子の名前を調べてみたところ、大倉三丸《みつまる》という名が見つかった。その子の父は大倉嘉平である。

大倉屋は、災害時には復興のため私財を投げ打つこともあり、篤志家《とくしか》として聞こえている富商だった。江差《えさし》、松前《まつまえ》、箱館に広く根を張る海産物問屋の一族の、嘉平は総《そう》師《すい》で、三丸はその嫡子だった。

そんな御曹司が裏長屋の塾に通ってくるのは、家が近いこともあるが、どうやら悪童仲間に誘われてのことらしい。

一方、来助を調べてみると、以前、荷運びの人足として大倉家に雇われていたことがあった。

（二人の共通項は、もしかして大倉家……？）

そう絞り込んでからは、調べは芋づる式に進んだ。

嘉平の妻はお駒《こま》といい、二十歳下の元芸者だった。

かれはこれまでに二人の妻を失い、子どもはいなかった。だが密かに入れあげていたお駒が妊《みご》もったため、身請《みう》けして正妻に迎えたのである。

お駒は肌のしっとりした、色っぽい美女だったが、浮いた噂は一つもなく、夫婦は仲睦まじかった。富商に嫁いでも派手な浪費もなく、内儀《おかみ》として店をよく手伝った。

お駒の数少ない息抜きは、湯川の海浜別荘に、時々泊まりがけで行くぐらいで……。

そんな調書《しらべがき》をつぶさに読んで、幸四郎は確信した。

さらに綿密な内偵によって、それは裏づけられた。

若い女房は、男を取っ替え引っ替え別邸に呼び寄せては、愛欲をむさぼっていたのだと。

人格者であるその夫は、真相を知っても、筋者《すじもの》を使って間男《まおとこ》を箱館湾に沈めるようなことは出来なかった。初めて生まれた息子の母であり、ぞっこんの恋女房を、因果《いんが》を含めて叩き出すようなことも出来なかった。

深慮遠謀のすえ嘉平の取った行動は、二人の間男に米を贈ったことと、人を使って幾百の〝でたらめ〟をばらまいたことだ。

口さがない世間に言い立てられ、二人は悪い噂に包囲されて、もはや箱館には居られなくなりそうだという。

ただお駒には、情を交わす男があと二人はいた。

その名を調べた幸四郎は、遠からずまた〝天狗〟が活躍すると予想し、その日を待っていた。このところ弁天堂に行く回数が増えたのも、大倉屋の米蔵が近くにあったからである。

「……なるほど」

杉浦奉行は深い溜め息をつき、信じられない顔つきで呟いた。

「しかし江戸っ子顔まけの大芝居だな。このような北の辺土でも、こんな入り組んだ事件が起こるのか」

「米騒動ですかね。一種の……」

と幸四郎は苦笑して言い、さらに進言した。

「世間を騒がせたかどにより、大倉屋嘉平を呼んで、じきじきに意見なされてはいかかがですか」

「いや……」

杉浦は赤く火照った顔を傾げ、難しい表情をみせた。

「嘉平を、これ以上喜ばすことはない。やつはすべて承知で、世間を騒がせたのだ。

企みが当たってほくそ笑んでおろうし、悪事とも断定できんからな。会ってじきじき
に諭したいのは、むしろ女房お駒の方だ……」

「御意《ぎょい》」

幸四郎は頷いた。お駒という妻女がどんな淫蕩《いんとう》な顔をしているか、ぜひ拝んでみた
かった。世間に男は幾らもいるし、夫君もあれだけ立派な好男子なのに、一体なぜ来
助のような男や、青白い片腕浪人に惚れるものか、ぜひ問うてみたかった。

この女房の存在も〝奇事〟ではないか。

「理由を作って、呼び出しますか」

「そうしたいが、あいにくそんな暇はない」

「御意……」

幸四郎は平伏した。

内心では、杉浦奉行がお駒を呼び出し諄《じゆん》諄《じゆん》と諭す場面を想像して、笑いそうになった。最近の幸四郎は、これが杉浦流の冗談だと、何となく分かるようになっていた。

その夜──。

就寝前に、いつものように文机《ふづくえ》に向かって日記帳を開いた杉浦は、あの若い調役の支倉が酔狂にも探り出した〝天狗〟の真相を、記しておこうと筆を取った。

ところが、どうもあまり筆が進まない。

というのも杉浦自身、二度も伴侶に先立たれた身であり、この箱館まで伴ってきた妻は三人めであった。

そのせいかあれやこれや大倉屋嘉平の思惑が想像され、また我が来《こ》し方行く末が重なって、筆が渋るのである。

杉浦は十日前の十月二十三日の日記を開き、読み返してみる。

その記述にはこんな前書きがあった。

〝二十三日　昨夜ヨリ雪　外二十六度（註・摂氏マイナス三度）

コノ日　町名主ヨリ届書アリ……タイヘン珍シイノデ記シオク〟

（『杉浦梅潭　箱館奉行日記』より）

今日の頁に戻り、さて顛末を記そうと再び筆を取ってみる。

だが結局は一行も記さぬまま筆を置き、しんしんと降る雪の音を聞きながら床《とこ》に就《つ》いた。

第二話　カジワラ！

一

「だんな、だなさん……起きてくんねえ」

そんな低い声に、幸四郎はハッと目覚めた。

遠くで雷鳴が轟《とどろ》いていた。

何やら高山の花が咲き乱れる夢の断片が消えて、じっとりした春の潮の匂いが鼻先を覆った。身体が左右に揺られており、微かな吐気《はきけ》が胸にこみあげてくる。

そうだった、自分は船上にいるのだっけ……。

船が波に揺すられながら港を離れ、そばの男にすすめられて酒を呑み……、座布団を枕に横になっていつか眠り込んだらしい。

慶応三年（一八六七）三月下旬、蝦夷は遅い春を迎えていた。

だが今日が何日だったか、よほど深く寝込んだらしくて、すぐには思い出せぬ。船が、松前半島の知内《しりうち》を出てから、どのくらい時がたったかも判然としない。

薄目を開けると、そばで起こしているのは、先ほど隣で酒を幸四郎にすすめた若い衆である。

あ……と男は幸四郎を覗き込んで、低い声で言った。

「どうも妙なんでさ」

幸四郎は黙って、男の様子を窺った。

渡世人ふうで、幸四郎より二つ三つ年下か。手甲脚絆《てっこうきゃはん》に三度笠の股旅《またたび》姿は男前ではあるが、目つきがどうも定まらず、どこか調子のいいところがあって、人品骨柄《じんぴんこつがら》がどうにもお粗末である。

一方の幸四郎は、この短い旅の間だけ、箱館市中の〝薬種問屋の番頭《ばんとう》〟に身を窶《やつ》していた。数日の大千軒岳《だいせんげんだけ》登山でどろどろに汚れた姿を着替え、洗いざらした清潔な袷《あわせ》と茶献上の博多帯、結城紬《ゆうきつむぎ》の綿入、頭には紋羽《もんぱ》の頭巾をかぶって、質素で実直な商人姿になりすましている。

今のご時勢、武士の株は下落の一方だから、近在の村などに旅する時は、煙たがられるばかりであまり得策ではないのだった。

だが武士であれば誰も近づいてこないが、商人であれば、このように妙に馴れ馴れしくすり寄って来る輩《やから》がいる。

「だんな、この船には、おかしな奴が乗ってますぜ」

「おかしな奴……？」

幸四郎の口許がゆるみ、皮肉な笑いが浮かんだ。

「手前と、あんた以外にか」

「また、だんな、冗談きついっすよ。疑うなら、ちょいと客を数えてみなせえ」

意味が分からないまま半身を起こし、護身用に携帯する脇差《わきざし》に手を伸ばしつつ、薄暗い船室に素早い視線を巡らした。

なるほど、確か九人いたはずの船客が、少し足りないようだ。

商人らしい中年の夫婦、ご隠居と丁稚《でっち》らしい二人連れ、商売女らしい厚化粧の女、この渡世人らしい男、それと自分で七人。

「ああ、そうだ、お侍がいたはずだな。編み笠被った渋いのが二人だっけ……」

「そうそう、それですよ。あっしは今しがた、いい空気が吸いたくなって、上に上がったんすがね」

知内を出てから、船は岸沿いに北に向かっているが、風が出て、また一雨来そうな雲行きだった。どの辺を走っているか見ようとした時、物陰で押し問答する声が聞こえて来たのだ。

「……勘弁してくだせえよ、お武家様。この船じゃ、遠出はとても無理なんで」

懇願するようなその声は、どうやら船頭（船長）のしゃがれ声ではないか。相手がまた押し殺した声で何か言うと、

「いんや、駄目だ」

と船頭は、荒くれらしい塩辛声を、断固として響かせた。

「このさくら丸は初ッから、知内、木古内《きこない》と寄って、その先の有川《ありかわ》まで行くちゅう決まりでね。行く先変更は勘弁してくだせえ。ここんところ運ぶ米もねえんで、水夫ば減らしとるで……。え、どこへ行きなさると？　恵山《えさん》ですか？　恵山まで行くには、湾を出ることになるでな。海峡は潮の流れが速いし、今日は海がもっと荒れよる……。どうしてもと言いなさるなら、まずは有川まで行って、そこで恵山行きの船ば仕立てたらどうだべか。へえ、このわしが、いい船ば見つけてあげますで」

そのとたん殴られでもしたか、鈍い呻き声がしたという。

船頭の言う通り、この二、三日は嵐が吹き荒れ、時化《しけ》が続いていた。知内では、松

前からの便船が来ないため、船宿に箱館行きの船を待つ客が溜まっていた。

そこへ、沿岸伝いに有川行きの船が、松前から北上してきたのである。このさくら丸は、矢不来《やふらい》台場の沖を通って、七重浜手前の有川港に入る。

五日の旅を終えた幸四郎が船に乗ったのは、この知内からである。

大千軒岳には〝任務〟で散った部下三名の、埋葬の地があった。職務に忙しくて供養にも行けず、未だに任務を了《お》えていない気分だった。

だがこの先、落ち着いて暮らせる日が来るとは思えない。政情は破滅に向かいつつある。行くのは今のうちだとの思いから、戦死した部下の〝墓参〟を理由に何とか休みを取り、供養の旅を決行したのである。

予定通り、昨日の午後に知内に戻ったが、頼みの奉行所の官船は悪天候で現れず、次の便まで二日待たなければならない。

船宿で一夜を明かすと、岸伝いに有川まで行く船があるという。有川で馬を借りられれば、亀田《かめだ》までは一走りだ。

そこでこのさくら丸に乗ったのだった。

「有川まで行けばその先は何とでも……」

と同じように考えた他の八人が、この船に乗り込んだ。

ただあの武士二人は、ほとんど口を開かなかった。

どこからやって来たものか、幸四郎が知内の船宿に着いた時は、すでにそこに居た。北に向かう船を待っていたようだから、西の江差か、南の松前から来たのは間違いない。

松前や江差の沖の口番所では、蝦夷地に入る者を厳しく検《あらた》めていて、身元引請け人が居なければ、津軽《つがる》に送り帰してしまう。

かれらは果たして、松前のその関門を通過して来たのだろうか。強引に行き先変更を画策しているとすれば、箱館で検められるのを恐れての密入国者か……?

嫌な予感に、幸四郎は冷水を呑んだように腹の辺りが冷えた。

(何かあればまずいな)

と思った。

山で傷《いた》めた足首が痛んだ。大千軒岳で全身の力を使い果たしていたから、ぼろ切れのように横になっていた矢先である。

かれが分け入った知内川はうねうね曲がりくねっており、川沿いの道は急峻で、チシマザサが背丈まで生い茂っていた。山は椎《しい》や楢《なら》の原生林に覆われているため、ドングリを好むヒグマの生息地でもあった。

出会い頭《がしら》に鉢合わせする可能性があり、案内役のアイヌ青年が鈴を鳴らし、時には幸四郎が声高《こわだか》に漢詩を吟じての決死行だった。

それでも往きは極度に警戒していたから、多少足を滑らせても事故には至らなかった。

だが帰りは疲れが溜まっている上、天候が急変して豪雨に見舞われ、足下もおぼつかぬ中で岩に足を滑らせた。傾斜地の泥濘《でぃねい》に尻餅はつかなかったものの、左足首を捻《ひね》ってしまった。

すぐ持参の湿布薬で応急手当をし、宿で主人に薬を所望して貼り変えると、一晩で腫れは引いた。だがまだズキズキと痛む。もし立ち回りになったら、この足では、決めの一歩が踏み込めまい。

ただ患部に貼った湿布薬が匂い、船室の澱んだ空気を薬臭くしていて、幸四郎が偽装する〝薬種問屋番頭〟の身分を疑う者はいないようだ。

「で、連中は、どこへ行けだと？」

足首をさすりながら、思わず訊いた。

「恵山……とあっしの耳には聞こえやした」

「恵山だって？　逆方向じゃないか」

このまままっすぐ北に進めば、箱館湾に入って行き、海はずっと穏やかになる。だが恵山に向かうのなら、湾から出ることになる。引き返して箱館山の裏を大きく迂回し、波の荒い海峡を進まなければならない。

「この船じゃ、海峡はきついですぜ」

と男が言うと、近くで二人の会話に耳を澄ませていた商人ふうの達磨《だるま》顔の男が、急に会話に割り込んだ。

「やっぱりか！　いえね、実はあたしも、先ほど上に上がったんですわ。船は岸沿いに北に進んでるから、左に陸地が見えるはず……。そろそろ更木《さらき》岬が見えるかと思ったもんでね。それが、何も見えんのですわ！　どうもヘンだと思い、反対の右舷に出ようとしたところへ、あのでかい船親父（水夫長）が慌ててやって来て、波が高くて危険だから船室に戻れと……」

「何ですと？」

とそばで聞いていた白髪頭の隠居が、目をむいた。

「じゃァ一体、この船は、どこへ向かっとるんですかね？」

誰も顔を見合わせるだけで、何とも答えない。

「あっしはヨソ者で、地理は知らねえんすよ」

と渡世人ふうの男は肩をすくめ、ぷいと横を向く。
かれは朝の乗船時に、人を押しのけ我がちに乗り込もうとして、いい若い者が、と
この隠居にたしなめられた。それをまだ根に持っているらしい。
「お若いの、おたく何て名前だね」
隠居が訊いた。
「へ、貞吉《さだきち》と申しやす」
「貞吉ッつァんか、おまえさん、船頭に言って来ておくれでないか。勝手に行き先変
えられちゃ、大きに迷惑だって。ついでに景色を見ておくれ。茂辺地《もへじ》を越しておれば、
もう矢不来の台地が見えてるはずだからの」
「ご隠居、あっしは……」
「あたしゃ取って七十になるんだが、耄碌《もうろく》しちゃいない。そろそろ木古内を過ぎたく
らいは、座ってても分かります。駄賃もほれ……」
袖口を探って小銭を出し、貞吉に押しつける。かれは一瞬唇を曲げたが、小銭はす
ぐに懐に入れ、身を屈めて立って行った。

二

「全く、せっかく温泉に浸かってのんびりして来ても、少しも休まらんですな」

後を見送って老人が呟く。

「温泉は……知内ですか？」

達磨顔の男が言った。

「あ、行かれたことがおありで？」

「へい、そりゃもう何度か。蝦夷じゃ一番古い湯治場《とうじば》だってんで、温泉といえばここですわ」

「そう、あたしもこの辺りは恵山やあちこち行きましたが、まあ、温泉は知内が一番ですな」

「昔、アイヌの温泉だったそうで」

「もともとは大昔、源頼家《みなもとのよりいえ》……でしたか。まあ、そのご家来衆が見つけたもんだそうですよ」

などと言い合っているところへ、梯子《はしご》を踏み外さんばかりに、ドドドドッ……と貞吉が戻ってきた。

「て、てえへんだ。やっぱりだ、この船、賊に乗っ取られた」

「落ち着きなさい、貞吉ッつあん。何があったってんで」

「上に、船頭が斬られて転がって……血、血を流して……ウンウン呻《うめ》いてますぜ」

見掛け通りの小心者らしく、貞吉は歯の根も合わない様子だった。

その後を追って、若い方の武士が、血相変えて下りてきた。

まだ三十前だろう。痩せていて、真っ黒に日焼けした顔の月代《さかやき》と三角顎の髭《ひげ》の剃りあとだけが青々しており、細い吊り目は獰猛《どうもう》そうに光っている。手に抜き身を下げており、貞吉の言う通りであれば、その刀はすでに血を吸っているはずだ。

続いて階段の途中まで下りて来たのは、三十後半に見える、顔の長い、総髪の、目つきの鋭い武士だった。

手には油断なさそうに短銃を構えている。幸四郎は薄暗い中で目を凝らし、冷静に見当をつけた。

スミス＆ウエッソン№2の六連発か。

「武器を没収する！　抵抗しなければ、何もしない」

と抜身を下げた若い武士が、何の前置きもなく怒鳴った。

「もし武器を隠したり、逃げようとすれば、容赦なく殺す」

甲高い声で言い放つや、馴れた手つきで一人ずつ懐を探り始めた。

幸四郎は探られる前に、脇差を差し出したが、男はなお隙のない的確な手さばきで、懐と腰を探った。

「何すんのよぅ！」

と奥から叫び声が上がった。それまで黙っていた女が、いざ自分の胸を探られて金切り声を挙げたのだ。だが若い方の武士は少しも怯《ひる》まず、女の懐から懐剣を摑み出していた。

「いいか、船が停まるまで、誰もここを出るな！」

その口調には聞き覚えのある、軽い訛《なまり》があった。東北のどこかだろう、と思ったが、出身地が分かるほどではない。

「あのう、船は今、どこに向かっておるので？」

隠居が縋《すが》るように声をかけた。

「余計なことは訊かぬがいい。この中に、奥地の地理に詳しい者はおらぬか？」

「………」

今まで詳しさを競っていた皆は、目が合わぬよう俯いてしまい、一言も発しない。

「そこの町人、ぬしの商売と、この旅の目的を申せ」

いきなり指を指され、見抜かれたかと幸四郎は肝《きも》を冷やした。

「はい、手前は、箱館大町の薬種問屋『福寿園』の番頭にございます。知内まで薬草の買い付けに参りました」

「薬草の買い付けには、奥地に行くのであろう？」

「いえ……手前どもは、近場の半島南部だけで、大体は知内で済ませます」

幸いそれ以上は追及されず、視線が隣に向かった。

「ふむ、その隣は？」

……という具合に皆の商売を訊いたところ、達磨顔のどっしりした男は履物問屋の主人で、船酔いで横になっている女はその女房だった。親類に不幸があって、知内に来た帰りという。

化粧の濃い女はお浜《はま》といい、松前の小料理屋で酌婦をしていたが、箱館地蔵町の茶屋に奉公先を変える途中だという。

糸問屋の隠居は、丁稚を連れて温泉に逗留した帰りである。

「老人、この近くには他にも温泉があるだろう。恵山はどうだ？」

「え、恵山でございますか？　さあ、あいにく、手前は知内温泉の他は不案内でございまして……」

「そこの若いの」

若い武士は、貞吉に目を止めて言った。

「昨夜騒いでおった者だな。背中の倶利迦羅紋紋《くりからもんもん》はどうした?」

「あ、い、いや、おそれ入りやした。勘弁しておくんなせえ」

昨夜、船宿で、ちょっとした騒ぎがあった。武士以外の夕食はすべて、一階の板敷きの間《ま》で供されたが、もう船は来ないとみて、皆はそのままそこで酒を呑み始めた。

貞吉だけは給仕女に酌をさせ、酔うと口説《くど》きだしたのだ。

「おれは背中に不動明王《ふどうみようおう》を背負ってるんだ、拝みたければ後でおれの所に来い……いいかい、分かったな」

その声が二階に筒抜けだったようで、うるさくて眠れないと武士から叱言があり、不動明王を自分らにも拝ませてくれれば許す、と言ってきたのである。

貞吉は真っ青になって、宿から逃げ出そうと、振り分《ふわけ》荷物と三度笠を引き寄せた。

それを見ていた幸四郎が、一計を案じた。

〝よく眠れる漢方薬〟を宿の主人を通じて献上し、機嫌を直してもらったのである。

貞吉がすり寄ってくるのは、それを恩に着てのことだった。

「ぬしは箱館の者か？」

片手で青い顎をなでながら、武士はなお深追いしてくる。

「いえ、とんでもござんせん、これでもごでも江戸者でして……」

貞吉は、箱館に在住する俠客を頼って、江戸からやって来たと説明した。その口調は剽軽《ひょうきん》だったが、脇差と懐中の匕首《あいくち》を差し出す手が、わなわな震えている。

その怯えきった様子を、武器を奪いとりながらも相手はさすがに見咎めた。

「おい、上で何か見たな？」

「ま、まさか、何も……」

「何も見ておらぬと……そうか、ならば潔白の証拠に、背中の不動明王を拝ませてもらおうか」

「えっ、か、勘弁しておくんなせえ」

貞吉は助けを求めるように幸四郎の方へ身を寄せてくる。

だが武士は酷薄《こくはく》そうな笑みを浮かべ、襟首を摑むや、壁の掛け行灯の下に引きずって、着物を容赦なく引き剝《は》がした。

一瞬、青髷をはじめ、幸四郎らも息を呑んだ。

行灯の、黄色みがかった淡い明かりに浮かび上がったのは、不動明王なんかではなかった。陽に晒《さら》すこともなさそうな青白い背中には、深く抉《えぐ》れた生々《なまなま》しい傷痕が、稲妻のように数本走っていたのである。

「……とんだ不動明王だな」

と青髯が呟くと、それまで一言も発しなかった年長の武士が、短く、鋭く叱責した。その言葉は皆には聞こえず、動物の唸り声のように聞こえただけだ。

「よし、引き揚げる。貞吉、ぬしも来い」

青髯が言い、貞吉を先頭にして二人は上がって行き、バタンと扉の閉まる音がした。

三

「……あの傷、刀じゃなくて懐剣だよ」

静かになると、お浜という女が声を潜めて言った。

「やったのはたぶん女だね。あたしの目は騙《だま》せない。憎い男を懲《こ》らしめたけりゃ、背中を狙うのが一番なのさ。背中じゃ男は死なないし、傷痕は一生残る。男を奪った憎い恋敵《こいがたき》にも、いい復讐になるじゃないか」

「………………」

男たちは度肝《どぎも》を抜かれ、黙ってお浜を見つめている。

「ああ、ちょいとそこの兄さん……」

呆然としていた幸四郎は、辺りを見回し、呼ばれているのは自分だと気がついた。

お浜は、貞吉が座っていた所まで這《は》って来た。

二つ三つ年上だろう。やや太めで、縦より横幅のあるひしゃげた丸顔に、大きな目と目の間が離れているのが愛嬌だった。

「あんた、薬屋だろ。酔い止めの薬はない？」

「いや……酔う前に呑まないと効かないね」

「おたくさん、鈍いねえ。近づきになりたいんだよ」

と隠居が言う。

幸四郎は少し赤くなって、手荷物から薬の袋を出して渡した。するとお浜はそれを受け取った手で、さっと幸四郎の左手を握ったのである。驚いて振り払う間もなく、お浜はその手をしっかり取って囁《ささや》いた。

「あんた、お侍だね」

「………」

ドキリとして相手を睨んだ。脂粉の匂いが急に濃く感じられた。

確かに幸四郎の手指は、少年時代から続けてきた剣術で、刀胼胝《だこ》だらけなのだった。特に左手小指の付け根は、中指と親指で握った刀を支えるため、硬く肉が盛り上がっている。

お浜の柔らかい指は、その硬い胼胝をピタリと押さえていた。

「図星だろ、そうじゃないかと思ったの」

言葉に窮して黙っている幸四郎にお浜は笑いかけ、左手を放した。かれは手に残ったしっとりした柔らかい女の感触を、生々しく感じていた。

「いいの、どちらでも。たださ、何とかなんない？」

と、顎を上にしゃくってみせる。

「このままじゃ、とんでもない所に運ばれちまうよ」

「しかし、もう少し様子を見ないことには……」

幸四郎はそう言うのが精一杯だった。

相手の一人は飛び道具を持っている。もう一人は剣の腕が立ちそうだ。剣と飛び道具で脅されては、とても歯が立たないのは火を見るより明らかだ。

「向こうはたった二人じゃないか」

お浜は声を荒げた。

「手遅れにならないうちに、何とかしておくれな」

あの二人は、内地で何か重い罪を犯したか、重大な密命を果たして、追捕を振り切りながら逃げて来た、と幸四郎は見ている。

たぶん二人は主従で、上司の鋭い命令を青髯が果敢に実行しながら、逃げ延びて来たのだろう。

奉行所の〝お尋者改帳《あらためちよう》〟に、それらしきものがあったかどうか、幸四郎はしきりに記憶を巡らした。

そこへ、ドタドタと貞吉が下りてきた。

「皆の衆、聞いてくれ、上からの伝言だ。船はこれから海峡に出るんで、その前に〝三人〟を岸に下ろすそうだ」

「船を寄せる場所はどこだ？」

幸四郎が訊く。

「えっと、岬です、サラキ何とか岬……と聞きやした」

「更木岬かな？」

隠居が言って眉を曇らせた。

「あの辺りは岩礁が多い危険な所じゃなかったかね」

「いや、そいつは有り難い」

履物屋が飛びつくように言った。

「うちの女房が船酔いで、さっきから吐きそうだと……。実は自分もムカムカして、生きた心地がせんですわ。お若いの、わしら夫婦を先に下ろしてもらいたい」

「よし、内儀《おかみ》さんは預かった。ただし、男は残ってもらう。もう一人は、姐《あね》さん、あんただ、さあ早く支度しろ！」

するとお浜が相好《そうごう》を崩した。

「まあ、嬉しいねえ。これでもあたしゃ女だからね。今、この薬屋さんに酔い止めをもらったけど、これ以上揺られたら死んじまうところだ。で、もう一人は、糸屋のご隠居だね？」

「おっと、それはおいらだ」

貞吉は風呂敷包みを背中に負いつつ、得意げに言った。

「女衆を、町まで連れて帰れと頼まれたんでね」

とたんに座布団が飛んできた。

「この外道《げどう》めが！　てめえは男じゃないんか」

履物屋がその達磨顔を歪め、蔑《さげす》みの声で怒鳴りたてた。

「連中とどんな取引をした！」

　すると糸屋の隠居が宥《なだ》めるように、手を振った。

「いいっていいって、あたしゃもうトシだ、ここでよござんす。貞吉っつあんには、無事に下りてもらい、番所に走ってもらいたい。ただ、この丁稚も下ろしてもらえんかね。この子はまだ十三だ……」

　やり取りの末、貞吉は丁稚を引き受けることにした。

　お浜が瀕死の内儀を抱えるようにして、丁稚と貞吉の四人が上に上がって行った。


　ところがそれから四半刻（三十分）もたたぬうち、その三人が、階段を転がり落ちそうに戻ってきたのである。

　岬の周囲は岩礁が続き、波が高くて、危なくて船を岸に寄せられないという。

「船頭ならそれが出来るそうだが……」

　青ざめた顔をして貞吉が声を震わせた。

　この沿岸の岩礁の多い地形と潮の流れを、船頭は熟知していたという。海がどんなに荒れても、大波の来ない入り江や岩陰を知っていて、必ず船を着けたのだと。

「ところがその船頭さん、船のどこにもいないのよね」

お浜が離れた目を恐ろしげに見開き、やおら貞吉に向かった。

「あんた、何をしたんだい？」

お浜の目は貞吉の着物に注がれた。前合わせが、血でこすられたように赤黒く濡れている。

「降ろしてもらうのと交換に、まだ息のある船頭を、海に放り込んだんじゃないのかい？」

お浜の剣幕に、皆はハッとたじろいだ。

「何を言いやがる。おいらが上がった時は、もういなかったんだ」

貞吉は血走った目を引きつらせた。

「じゃあ、その血は何なんだよ」

「いい加減にしねえと承知しねえぞ、この淫売が！」

「おや、ご挨拶だねえ。ふん、その背中、あんたの好きな淫売にやられたんじゃないのかい」

「何だと？」

「おいおい、内輪揉《うちわも》めしてる場合か。潮の流れや地形を知っとるのは、船頭だけじゃなかろう。船親父は生きておるんか？」

履物屋が貞吉に食ってかかり、隠居が加勢した。

「その通りだ、貞吉っつあん、船親父を見て来ておくれでないか」

「おいら、あんたらの雇人じゃねえや。知りたけりゃ、自分で見てくりゃいい」

「薬屋の兄さん、あんたがお行きな」

お浜が、幸四郎を見て鋭く言った。

「あいつらと対等にやれるのは、あんただけだ。あいつら、船のことも地理もまるで分かっちゃいない。このままじゃ転覆だよ」

すると貞吉も、気がついたように言う。

「そうだ、だなさん、あんたが行っておくれよ。船頭が殺《や》られちまったんで、水夫らは震え上がって、しゃにむに恵山まで行く気ですぜ。この嵐じゃ、たまんねえよ」

すると隠居と履物屋が、助けてほしいと幸四郎に口々に言った。

「いや、手前に……出来ますかねえ」

幸四郎は、痛む足をさすって口ごもった。

逃亡中と思われるあの二人には、態度物腰に隙というものがまるでない。そのくせ髭は綺麗にあたり、髷や着物もこざっぱりしていて、生きる意欲が窺える。自暴自棄《じぼうじき》ではなく今後もさらに生き抜く気があり、そのためには何でもやりかねないと見た。

もし自分が武士と見抜かれたら、真っ先に殺害され海の藻くずだろう。足も悪く、武器もないのに、どうやって抵抗できる？

その時、口許を押さえながら階段を這い上ろうとしている女の姿が目に入った。履物屋の女房だ。亭主が追いかけて、引き戻そうとしている。

「お時《とき》、上に行っちゃいかん。吐くなら、ここに桶がある」

それを見た幸四郎は、とっさに立ち上がった。

頭の中に火花が閃き、きっかけが摑めそうな気がした。

「あ、ここは手前にお任せください。船酔いは、風に当てた方がいいです……」

四

お時の丸い背中を抱え、さすりながら甲板まで出た。

吹きすさぶ潮風に、揉《も》み込まれるようだった。風のうなり、バタバタとはためく帆の音、潮鳴りと共に押し寄せる濃い潮の匂い……そんな海のすべてが、船底で濁った頭をすっきりさせた。

とたんに、甲高い声が降ってきた。

「止まれ！　どこへ行く」

出口の横に若い武士が、刀を抱えてしゃがんでいた。

だが答えるまでもなく、お時はよろめきつつ船縁に近づき、半身を海に乗り出した。

青髯はお時をそのままにして、刀の切っ先で幸四郎をその場に押しとどめた。

「ぬしは医師か」

「いえ、薬屋でございます」

言いながら幸四郎は素早く、四方に目を配った。

海は荒れていて、まだ四つ（十時）になっていないはずだが、空は暗い。右手前方に延びているなだらかな陸地は、知内から松前へと続く松前半島の南岸であろう。

左手に見える山影は、市中から見る時の臥牛《がぎゅう》の姿はしていない。だが海峡に突き出した小高い山は、箱館山に違いない。

船はすでに北から方向を東南に変え、箱館湾の外を、横切るように進んでいる。

……とするとバタバタと帆を揺する風は、東風だ。

先ほどより揺れが大きくなっており、更木岬沖の海峡を、船は喘《あえ》ぐように進んでいるのが分かった。低い雲に覆われ空には、雷鳴が鳴り響き、一雨来そうな雲行きである。

「医師ではございませんが、及ばずながら船酔いくらいは何とかお世話できるので……」

幸四郎が弁解すると、青髯は細い目でじっと見つめた。

「昨夜の眠り薬はぬしのものだな？」

「はい、手前が調合した黄連解毒湯《おうれんげどくとう》は、いつも持参している常備薬ですから」

実際は、いつも家僕の筒井《つつい》磯六が調合し持たせてくれるので、名前を覚えていたのだ。

「そうか、あれはよく効いたぞ」

「有り難うございます」

「ところで、ここから恵山は遠いか？」

「恵山ですか。あの岬は、海峡に突き出しておりまして、そう……この逆風では、少し時間がかかりましょう」

幸四郎が海上を見はるかして答えると、相手は得心したらしい。

「恵山から奥に入ったことはあるか？」

「奥へ……？」

途方もないというように幸四郎は肩をすくめた。

「恵山は火山ですから、付近は岩だらけで、山越えは難しいと聞きます。クマも出るそうだし……」

「海岸線はどうなっておる？」

「海岸の道は、断崖絶壁の真下まで海が迫っていて、通れない箇所もあるようです……。それにあの辺りには、昔、溶鉱炉があったそうで、今でも見回りの巡視船がよく通りかかります」

「ふーむ」

男は難しい顔で黙り込んだ。

その隙に幸四郎は、ぼんやり海を眺めているお時を促して、ひとまず船室に戻った。あまり長居しては怪しまれる。用があれば必ずまたお呼びがかかる。

案の定、それから間もなく上から声がした。

「おい、薬屋と貞吉、上がって参れ」

二人が甲板に上がると、短銃を構えた顔の長い武士が立っていた。

だが声を発したのは若い青髯で、鋭い目を光らせて言う。

「おぬし、この辺りの地理に詳しいのだな」

「いえ、詳しくはありませんが、釣りをやるんで、釣り場には多少の覚えがございます」

「人目につかずに奥地に入るとすれば、どこから入る？」

「恵山でなくてもいいので……？」

「そうだ、安全に上陸できる場所であればどこでもいい。われらが無事上陸すれば、おぬしらも無事に帰すぞ」

相手が乗ってきたのを感じて、鳩尾《みぞおち》が締まる思いだった。幸四郎はゆっくりと船縁に歩み寄って、遠雷が轟く方角を見上げた。

「どうも空模様がよろしくございません。ここからなら、やはりあの箱館山が最も近うございます。自分なら、一刻も早くあそこに着けますがね」

「しかし、あの山は、監視が厳しいではないか。砲台が幾つもあって、山自体が要塞《ようさい》だと聞いておる」

「要塞……ああ、なるほど」

もっともだと幸四郎は頷いた。

「そういえばそうです」

箱館界隈には十七か所の台場（砲台）が作られており、そのうち箱館山の周囲だけで、九か所にものぼる。湾内に三つ、湾入り口には山背泊《やませどまり》と御付浜《おつけのはま》、そしてその対岸の矢不来。山の裏側は絶壁で、山裾を巡って通り抜けることは出来ないが、その先の立待岬《たちまちみさき》と、さらに大森浜《おおもりはま》にもあった。

ただ問題は、そこに備えられた大砲が旧式で、今はほとんど使い物にならないということだ。仮にだが、奉行所が、薩長《さっちょう》軍を迎え討つような事態にでもなったら、互角に戦えるのは弁天砲台だけだった。

幸四郎は何度も頷いて、呟くように言った。

「しかしこの山に守られているおかげで、手前どもは、のんびり釣りをしていられるのです。漁船か釣り船と見ると、巡視船はろくに声もかけて来ませんよ」

「ふむ、なるほど」

「それに……巡視船に見咎められずに、船を横付け出来る場所がないでもございません」

相手の目が輝いたのを見て、幸四郎は感触を得た。

ともかく陸上戦に持ち込まなければならぬ。海上で武器もなく、船室に閉じ込められていては、手も足も出ない。だがうかうか穴場を教えたとたん、相手はバッサリとこちらを斬って捨てるかもしれぬのだ。

二人は幸四郎の話を聞いて、迷っている様子だった。

青髭は年配の武士に合図し、すかさず箱館の地図を差し出した。

「それはどこだ」

幸四郎は、腹を決め、その一点を指で指した。

そこは箱館山の裏側にあたり、山背泊という漁村の少し先だ。穴澗《あなま》と呼ばれる洞窟を過ぎると、湾から外洋に出る突端となり、その入り江は台場の監視からは死角となる。

「何故ここかと申しますと……」

ここは水深が深く、漁師が作った船止めの突堤があるのだ。

一度ここで夜釣りをしていて、うっかり船を流してしまい、山越えして帰ったことがある。といっても直線的に山を越えず、眼下に広がる港の景色で位置を確認しつつ、山のケモノ道を回り込んでいく。そのうち登山道に出るから、道なりに下って行けばいい。

「なるほど」

詳細な説明を聞いて、かれらは納得したらしい。

「して、市中から、蝦夷の奥地に向かう地点はどこだ？」

「亀田でございます」

幸四郎は腹を決め、地図を示しながら説明した。

「ここで道が二つに分かれます。左方向に進めば江差《えさし》山道で、途中の二股口《ふたまたぐち》から北に向かう道がございます。ここを行けば鷲ノ木《わしのき》、八雲《やくも》に出られます。右に向かいますと、湯川です」

「よし、分かった」

若い武士が言い、地図を指差して貞吉に渡した。

「貞吉、船は此処《ここ》に着けることにする。そのむね、ただちに船親父に告げよ」

「へい」

嬉々として受け取る貞吉を、幸四郎は睨み据えた。

(賊の三下《さんした》になり下がって、それほど命が惜しいか)

そう訴える侮蔑の目を、貞吉は見ないまま姿を消した。

五

風が出てきて、雷鳴が轟いた。

真っ昼間とは思えぬ薄暗い中、箱館山の見馴れた景色が近づいて来る。この天候では緑色が萌《も》え始めた山の色も、ただ灰色に見えるだけだ。

揺れる舳先《へさき》に立って眺めながら、幸四郎は懸命に考える。

(自分はどうなるか?)

もしここで解放されれば、船をこのまま最寄りの御付《おつけ》番所に走らせ、詰めている津軽藩士に非常線を張らせよう。

(だが、そううまくはいくまい、解放されず、もしも山中の道案内を命じられたらどうする?)

その場合でも、出来るだけ連中を騙して番所に近づき、駆け込むしかない。だがこの足では、どこまでやれるか……。

山越えすれば山麓の町が、眼下に広がる。

西寄りは山ノ上遊郭、東側は東北諸藩の陣屋が並ぶ、物々しい屋敷町だ。子どもが遊ぶようなのどかな光景はなく、いつも隊列を組んだ足軽や、騎馬隊が行き交っている。通行人も、大半が武士だから、連中は何の違和感もなく、町に溶け込んでいくことが出来よう。

……と考えた時だった。

ふと、一閃の稲光のように、鋭く胸を貫くものがあった。

微かに東北訛もある二人の口調が、不意に耳許に蘇った。

（二人は、東北の藩の藩士だ）

山麓の一帯には、南部《なんぶ》、庄内《しょうない》、会津《あいづ》、仙台《せんだい》、秋田《あきた》の諸藩が、藩屋敷を構えて留守居を置いている。湾に面した御付浜には砲台があり、その近くには津軽藩の勤番所がある。

もし自分の陣屋に駆け込みさえすれば、一種の治外法権で藩士は守られ、奉行所といえども踏み込むことは出来ないのだ。

今まで予想だにしなかったことが、不意に胸に浮かんだ。

もしやかれらの真の目的地は、初めから箱館で、山裾の陣屋だったのではないか？

だが沖の口番所の検《あらた》めが厳しく、そこからは入れないため、山裏から侵入する入り口を探していたのでは？

しきりに〝恵山〟を連発していたが……あれは目くらましではないか。

たぶん二人は追われており、厳しい追捕《ついぶ》をかわすため、〝お尋ね者は蝦夷地の奥へ逃げた〟と思わせる必要があった。

かれらは追捕を振り切るために、〝恵山から上陸し奥地に逃げた〟と印象づけたかったのでは？

そう考えると、便船を乗っ取った蛮行の辻褄《つじつま》が合う。

「賊は恵山行きを命じたが、皆に止められてやむなく箱館山の裏側から入り、亀田から街道を通って、奥地へ逃げた」

乗客はそう証言する……それが狙いだったか？

足をすくわれるような衝撃が、幸四郎を揺すった。そうとすれば、自分はまんまとその謀略に嵌《は》められている。

連中はおそらく船宿で、乗客を観察していたに違いない。さくら丸に白羽の矢が立ったのは、たまたま武士が乗らなかったからだろう。

この〝薬屋〟を道案内に立て、山中で葬ってしまえば、最後の足取りを消すことが出来る。後は何食わぬ顔で藩邸に逃げ込めば、たとえ奉行所でも、探し出すことは不可能だろう。

箱館山の裏から上陸させようという目論見《もくろみ》は、敵の思うつぼだった。自分は逃亡を手伝わされ、あげくに殺される三下《さんした》の役どころだ。

（おれは何という唐変木《とうへんぼく》か）

そう思うと頭に血が上り、全身がカッと熱くなった。

（やつらを絶対に箱館に入れてはならぬ）

すでに船は突堤に横付けになっている。

真っ先に、大きく上下する船から飛び降りて、波しぶきを浴びながら船を繋いだのは、船親父だった。

船から突堤に橋板が渡されると、次にその板を難なく渡ったのは、あの青髯だ。かれは大柄な船親父を、橋板のたもとに座らせ、首に刀を突きつけ、人質を取ったという合図を送りつつ叫んだ。

「逆らえば、この者の首が飛ぶぞ！」

年長の武士は、スミス&ウエッソンの銃口をぴたりと幸四郎に向けつつ、静かに鋭い目で合図した。

次に降りるのは、おぬしだ……と。

徹底して無言なのは、〝仕事人〟としての極度の集中からだろう。指の操作一つで、一つの命が飛ぶ、もしくはかれらの仕掛けが吹っ飛ぶ。男の沈黙は、こちらに無言の恐怖を与えた。

「薬屋、下りろ！　山中を先導いたせ！」

若い武士が下から怒鳴ってくる。

幸四郎はぐずぐずと、周囲を見回した。下船をためらうのは、時間稼ぎのためである。

「案じておるのは、手前の足でございます。大千軒岳を歩行中にこの左足を痛めまして、あまり速くは歩けないのでございます。もしや、急がれているお武家様がたの足手まといになってはと……」

言いつつ懸命にあれこれ考えたが、他に妙案は浮かばない。

予定外の申し出に、二人の武士は明らかに困惑したようだ。

それが嘘でないのは承知している。昨夜から包帯を巻いていて、見るからに痛そうだったのだ。

だがかれらは船の乗っ取りに気を取られ、幸四郎の足のことは失念していたのである。

その時だった。何を思ったか、幸四郎の少し後ろに立っていた貞吉が前に出て来た。

「あっしでよけりゃ、杖の代わりになりまっせ」

肩を貸すしぐさをして、腰を屈めてみせる。

「ならば貞吉、ぬしが先に降りろ」

ほっとしたように青髯が怒鳴った。

「よし、降りて来い！」

「へい、お先に」

と軽く請け合った貞吉は、幸四郎の横をすり抜ける一瞬、目を上げてニッと笑ったようだ。思いがけず、明るい笑顔だった。

そのままかれは、船と突堤の間に渡され揺れ動く板を、おどけたようにグラグラ体を揺らして渡った。危なっかしい足取りで、ひょいと身軽に飛び降りるまで、幸四郎は何かしら息詰まるような胸苦しい気分で目を奪われていた。

わざと皆の視線を集めているのでは、と思いつつ見送る目の端に、やはり貞吉に気を取られ、一瞬そちらに視線を向けた年配の武士の目が映ったのだ。

手にはスミス＆ウエッソンを構え、この自分に向けている。

その鈍く光る銃口を見るや、かれは思った。

（貞吉の狙ったのはこれだ！）

毛先ほどの一瞬の隙である。

瞬間、幸四郎はほとんど反射的に腰を屈め、弾丸のように鋭く相手に体当たりしていった。

ズドン！

鈍い銃の音がして、弾は幸四郎の頭上を掠《かす》めた。とたんに、これまで沈黙を通してきた武士が、初めて鋭い声を発した。

「カジワラ！」

今まで決して口にしなかった仲間の名前である。

おそらく百戦錬磨のこの男は、自分が致命的失策を犯したことに気づいたのだろう。その声は断末魔《だんまつま》めいてやや掠れ、かれもまた血の通った生身の人間だと思わせた。

かれはよろめきつつもその場に踏み留まり、第二弾を構えようとした。だがその寸前に幸四郎が組み付いていき、手から銃を叩き落とした。

それからは組んずほぐれつの肉弾戦となった。狭い甲板は凄惨《せいさん》な修羅場《しゅらば》となったが、若い幸四郎には、相手の疲れが感じられた。

おそらく普通の状態であれば、幸四郎もあわやと思う鍛え抜いた格闘力だった。しかし長い逃亡と、朝から潮風の中に立ち尽くした疲労で、反射力や持久力が鈍っているように感じられる。

格闘に決着がついたのは、

「そこまでだよ！　弾はあたしでも撃てる」

というお浜の声だった。

あのお浜がいつの間にかそばに立ち、転がっていたはずのスミス&ウエッソンを手に、武士にピタリと銃口を向けていたのである。

だがその時、陸でも血みどろの惨劇が展開していた。

銃声に続く〃カジワラ！〃の呼び声に、青髯は船に向かって駆け寄ろうとした。その相手に、すでに船を下りた貞吉が、奪われたはずの匕首を構え、低い姿勢で突きかかったのである。匕首はたぶん、使い走りの最中、どこかで見つけ隠し持っていたのだろう。

カジワラと呼ばれた青髯は、突撃してくる貞吉に、大上段に構えて刀を振り下ろした。しかし貞吉は逃げず、匕首を両手で持ち、真っすぐに相手の腹に飛び込んだ。

カジワラは袈裟懸けに貞吉を斬ったが、同時に腹には匕首が深く埋められていた。

二つの絶叫が重なって響き、二人は血しぶきを上げてその場に倒れ伏した。相討ちだった。

六

ただちに幸四郎が、船を湾まで帆走させ、大町にある沖の口番所に着けさせた。

そこで勤番の役人が、二人の〝お尋者〟に関する廻状を見せてくれ、悪天候のため遅れて届いたと説明されたのである。

それによると、十二日ほど前、松前の沖の口番所で、二人の武士が悪天候で足止めを食っていた。二人とも浪人で、松前藩のさる高官を身元引き受け人とし、開拓民を志して奥地に入るということだった。

しかし調べてみるとその高官はすでに死亡しており、二人は沖の口を通れず、発ってきたばかりの青森龍飛《たっぴ》岬の三厩《みんま》宿に送り返されることになった。

ところが船待ちの間に、二人は警備兵数人を斬って逃走したのである。その時三人が重傷を負い、一人が死んだ。

廻状に書かれていた二人の出身藩と名前は、おそらく偽名だろうが、カジワラという名前は合致し、〝舵原〟の漢字が当てられていた。短銃を持った上司は、〝小田中〟と書かれていた。

生き残り捕縛された小田中は、五稜郭の仮牢に収監された夜、舌を嚙み切って自害したという。

そのことは翌日、幸四郎に知らされた。

奉行所では、山麓に藩屋敷を構える東北五藩に、この小田中と舵原について照会状を出したが、かれらが出身藩としている藩を含め、すべての返事が〝当藩に関わりなし〟だった。

行き場のない亡骸《なきがら》は無縁墓地に葬られ、二人が何者でどこへ行こうとしていたか、真相を解き明かす手だては断たれた。

足の捻挫を悪化させ治療中の幸四郎は、床《とこ》に横たわり、天井を眺めたままあらぬ想像を巡らした。

大胆で緻密なその仕事ぶりからして、二人は鍛えられた工作員であり、〝藩命〟を遂げて帰還の途上だったのでは……。だが仮に命長らえて藩邸の門を叩いたとしても、扉が開かれたかどうか。

この非情の世界ではかれらが約束の地に帰れるかどうかは、保証の限りではない。おそらく、すぐその前で潰《つい》えた二人は哀れだった。

ところで海に投げ込まれて死んだと思われた船頭から、数日後、思いがけぬ報せが届いた。荒くれの船頭は、傷ついた身で荒海を漂流し、漁船に救われて、知内で治療を受けているという。

幸四郎には、悔やまれてならぬことが一つある。

最後に貞吉が笑みを見せた時、なぜ自分はその意味に気づかず、目配せの一つも返してやれなかったのか、ということだ。

いつもどこかくすんでいた貞吉の顔が、不意にあの時、洗われたような清々《すがすが》しい晴天の輝きを見せたのだ。その時に気がつくべきだった。かれは死ぬ気だったたと。

あの不思議な笑みを思い返すたび、幸四郎は何か途方もない幻想に襲われる。

あの傷だらけの背中深くに眠っていた不動明王が、にわかに息を吹き返して、立ち上がったような……。

目を閉じると、その絵姿がありありと見えてくるのだった。

第三話　嵐が来る前に

一

役宅の庭に、桜や銀杏《いちょう》に混じって一本だけあるリンゴの木に、ふっくりと白い蕾《つぼみ》が膨らんでいた。

草木好きの家僕磯六が、どこかから入手して庭に植えたもので、背丈くらいまで伸びたが、まだ花も実もつけたことがない。

今年はその枝が初めて蕾をつけ、六月になれば、白い可憐な花が咲くという。幸四郎はそれを楽しみにしている。

そんな慶応三年（一八六七）五月も末のこの日、退庁の八つ半（三時）の太鼓が鳴ってから、幸四郎は庁舎の北にある稽古場に向かった。

「ぶじ帰国されたぞ」

と先ほど耳許でそんな言葉が囁かれたのだ。

「誰が？」

「ばか、小出奉行に決まっていよう」

そんな間《ま》の抜けたやりとりを思い出し、口許に笑みが浮かぶ。

少し急ぐと首筋が汗ばんでくる。身に着けている錆浅葱《さびあさぎ》の袷《あわせ》の小袖《こそで》と、小倉の袴が、急に暑苦しく感じられた。気がつけばもう衣替えの季節である。

五稜郭は若葉萌える黄緑色に包まれており、近道してひんやりした緑の草地に足を踏み入れると、草がみずみずしく匂い立った。

焚き火の煙が漂う稽古場の庭に踏み入り、小暗い武者窓から覗くと、何組かが向き合って竹刀《しない》の音をたてている。

その中でひとり素振りをしている男、それが古河原耕平《ふるがわらこうへい》である。

沖の口番所の調役で、幸四郎より二つ上だが、若い妻と二人の子がいた。

先ごろ江戸出張から帰ったばかりで、今日は帰朝報告のため奉行所に出むき、公務の合間に幸四郎の詰所に顔を出した。

「報告を終えたら、稽古場で一汗流すが……」

と広い肩幅をすぼめ刀を握るしぐさをしてから、

「その後、軽くどうだ？」

太めの身体からは想像しにくいが、直心影流《じきしんかげりゅう》の遣《つか》い手で、勝ち抜き戦では断とつ強い。まめな稽古場通いのおかげだろう。

「ぜひ……」

という答えが一呼吸遅れた。今朝出がけに、磯六に酒を禁じられたのを思い出した。

朝から奥歯が痛んで不快きわまりない。

二十六になるこの年まで歯痛を知らず、口中医《こうちゅうい》（歯医者）と縁がなかった。

母が、強い武士を育てるには、粗食を嚙む強い歯が大事と考え、幼い頃から歯磨きを習慣づけてきた。今も洗面所の棚に、使い捨ての房楊枝《ふさようじ》と、丁字屋《ちょうじや》の歯磨粉が切れたことはない。

ところが数日前から奥の歯に異常を覚え、今朝になってズキズキ痛んだ。磯六に診せたところ、剣術のせいという。

刀を構える時、奥歯を食いしばるため、歯茎を傷《いた》めるのだと。応急に痺《しび》れ薬を歯茎に塗って、かれは言った。

「お帰りには口中医に寄ってください。酒はお控えなされ」

だがそんな幸四郎のためらいはすぐ吹きとんだ。古河原は丸い肉厚な顔を近づけて、小出遣露使節の帰国を告げたのである。

「えっ、目通りしたのか?」

「残念ながらすれ違いだが」

「よし、後で聞こう」

幸四郎は、後で稽古場の裏の土手で落ち合おうと約束した。

この地では、内地の情報は一月《ひとつき》遅れで届く。だから皆は情報に飢え、江戸帰りのみやげ話は垂涎《すいぜん》の的だった。

今や奉行所役人の誰もが、幕府の動向に神経をとがらせている。三河《みかわ》以来の旗本の子弟も多く、かれらの脳裏にはあの巨大な江戸城が鎮座していた。幕府が危急存亡にあると知りつつも、あの城がある限り……と頭のどこかで思っている。

だがそう楽観的になれないのが、古河原や幸四郎だった。

十四万もの兵をもって、三千の長州軍に負ける幕府に、未来があるはずはない。薩長は今後さらに〝時の勢い〟に乗り、古い体制を食い破っていくだろうと予想せざるを得ない。

武者窓からのぞく幸四郎に、古河原が気づいたようだ。

かれが頷くのを見て、幸四郎は武者窓を離れた。いつもの待ち合わせ場所である裏の土手には、西陽がさしている。

具合よく歯痛は収まっていて、詰所を出る時に口に含んだ口中清涼剤〝息美香《そくびこう》〟が、爽やかに口内に感じられる。

土手に腰を下ろし、草をむしりながら、空を仰いだ。

蝦夷には梅雨というものはないが、この時期は雲が多く、今日も柔らかい白い雲の大群が、ゆっくり西に移動している。その行方をぼんやり目で追ううち、思いは大千軒岳へと流れていく。

かれはこの春、部下の供養のためその山に登った。

昨年の春、四人の部下を率いて山に入り、山中に籠った反逆者を討ったが、三人を失ったのである。

その一人の父は悲報を聞いてすぐに山に入り、息子らが埋葬された地点を見つけて、木の墓標を立てて来た。

一周忌を迎えるのを機にその墓標を巡り、かれらを連れ帰れなかった謝罪と供養の旅を何とか終えたのだから、心安らかなはずだが……。

二か月たった今も、目に焼き付いて離れぬものがある。川のほとりの〝蒲原彦次郎《かんばらひこじろう》之墓〟と記された墓標の前に、それはあった。

(おや……)

とかれは目をむいた。訪《おと》なう者とてないこの深い山峡の墓前に、野の花が手向《たむ》けられていたのだ。

この場所を知るただ一人のかの父親は、病を得て美濃《みの》に帰郷したと聞いている。怪しみつつ、十本以上も束ねられた赤紫色の野花を手に取り、しばし眺めた。

道案内のアイヌ青年によれば、それはカタクリの花で、山麓にはその可憐な花が一面に絨《じゅう》毯《たん》を敷き詰めたように群れ咲いているという。

まだ花は新しく瑞々《みずみず》しいことからして、摘まれてあまり時がたっていなかったと思われる。

(郁《いく》どのか?)

郁は彦次郎の妹で、美しく、お転婆な娘だった。

だがいくら活発でも、女の足ではこの山は無理である。それに郁は、かねてからの許嫁《いいなずけ》と祝言を挙げ今は美濃にいるはず……。

では一体誰なのだ。そんな謎が、幸四郎の胸にしこり続けていたのである。

二

「……や、待たしたな」

草を踏む音がして、太い声が聞こえた。

思いに浸っていた幸四郎は、われに返って振り向いた。古河原が稽古後の上気した顔で立っている。

「いや、ここは気持ちがいい、しばらく浮世を忘れられる」

幸四郎は言い、袴の裾をはたいて立ち上がった。

草の匂いのする夕風になぶられ、どちらからともなく五稜郭の土手を歩きだす。

「で、江戸はどうだった」

「うん、久しぶりに両国橋《りょうごくばし》から、深川《ふかがわ》、本所《ほんじょ》の辺りを歩いたよ。どこも新緑だった。江戸には何でもある、芝居も見られるし、酒も美味い。女もあか抜けている」

「ただ……米がない。安心がないと？」

「そういうことだ」

かれは頷いて懐から手拭いを出し、額の汗を拭った。

五稜郭東側の通用門まで来ると、そこで待っていた従者に稽古着などの入った包みを渡し、幸四郎と連れ立って橋を渡った。

まだ西陽が残る中を、肩を並べて小料理屋『俵屋《たわらや》』に向かう。

馴染みの仲居の案内で奥に通されると、そこには最近調役になったばかりの気賀《きが》丈之助《じょうのすけ》が、すでに盃をあけつつ待っていた。

少しすが目の美男で、歌舞伎役者ばりに、〝丈之助〟と呼ばれている。古河原と同年だが独身で、女の噂が絶えない羨ましい男だった。日頃の呑み仲間のよしみで、幸四郎はあらかじめ声を掛けておいたのだ。

まずは旬《しゅん》の旨い物を出すよう注文し、仲居が心得たように部屋を出ていくと、久しぶりに顔を合わした三人は一斉に盃を干した。

「さて、何はともあれ、小出奉行の話だ」

待ちかねたように幸四郎が切り出すと、丈之助は驚いたようだ。

「おっ、帰られたのか?」

古河原は頷き、二人の顔を見て言った。

「船は五月八日に横濱に着いた。お奉行は、御老中に挨拶してすぐ京に向かわれるとのことで、残念ながら入れ違いさ。わしは、品川出帆が十二日だった。ただ、挨拶に立ち寄った留守居屋敷で、一足先に江戸入りした先触れの使番《つかいばん》を摑まえたのだ」

「それはでかした、して……？」

と丈之助が先を促す。

「チラと聞いた限りでは、交渉は不首尾だったらしい」

「……失敗ということか？」

幸四郎が声を潜めて問う。

「すなわち交渉決裂ってことだろう」

と、丈之助が口を挟んだ。

「まあ、そういうことだ。詳細は追って報告が届くだろう」

三人はそれぞれ手酌で酒を注ぎ、無言で呑んだ。

幸四郎は、強い酒でも呑んだように頭がカッとしていた。

初めから難しい交渉と知ってはいたが、いざ決裂となると小出の身が案じられ、危うく思えてくる。

「ロシアの赤人《あかひと》どもめ、わが幕府をハナっから侮《あなど》っておるのだ」

と古河原が憤ると、丈之助が冷静に言った。

「当たり前だよ。みすみす瀕死の幕府に、餌を与えるものか。毛唐《けとう》どもは、わが国を狙って、鵜《う》の目鷹の目だろう。それを承知で打って出られた小出奉行じゃないか、今さら落胆もしておられまい」

「しかし、あの小出様で駄目なら、もうお手上げだな。姑息《こそく》な重臣どもには何も分かっておらん。カラフトは今後、赤人のものだ。幕府もお終《しま》いよ」

古河原はあれこれと重臣の名を挙げて、罵《ののし》り始めた。

だが隣室に、ぞろぞろと奉行所の者らしい一団が入った気配がすると、ぴたりと話を止め、酒を二人の盃に注いだ。

「小出奉行の御苦労をねぎらって、呑もうじゃないか」

古河原が音頭をとり、三人は一気に盃を空けた。

「しかし……交渉が不首尾では、何か〝沙汰〟はないのか？」

「案じるな、幸四郎。これまで御使節といえば、海防掛の川路《かわじ》、箱館奉行竹下《たけした》……といずれも不首尾だったが、何らかの沙汰があったとは聞いておらん。あの小出様のこと、謹慎ぐらいは覚悟の上だろう。ましてお腹を召したりはしない」

古河原が笑って言った。

「杉浦奉行には、もう情報が入ってるんじゃないのか？」

「さあ、いつもと変わらないが……」

杉浦は前線の小出を気遣い、何度かロシア領事館にビューツオフ領事を訪ね、側面から援護していたのを幸四郎は知っている。

そこへ仲居がイカ料理を運んできた。

説明によれば、冬のスルメイカは肉厚で固いが、初夏に穫れるスルメイカはバライカと呼ばれ、小ぶりで柔らかく甘いという。

呉須《ごす》の皿にのせたバライカの活き造りと、ゴロ（わた）を腹に詰めて姿焼きにしたゴロ焼きは、この店の一番人気だ。ゴロに刻み葱《ねぎ》をまぜ、醬油と味醂《みりん》と味噌であえてイカに詰め、串で止めて焼いたもので、輪切りにして供される。

皆はひとしきり箸を動かして、舌鼓みをうった。

仲居がいなくなると、幸四郎がさりげなく訊いた。

「城の方はどうなんだ、おぬし、兄者には会ってきたんだろう？」

古河原の兄は、北町奉行所の与力だった。

「会うには会ったが忙しそうでね。ああ……何か言っておったな。今は〝武士〟という言葉は死語なんだとか」

「その心は……？」

「最近、天下の北町奉行所に、刀を使えない旗本が増えているとは聞くがね、馬に乗れない与力もいるそうだ」

「刀を使えず馬に乗れなくても、武士と呼べるのか」

「いや、そのような連中は、〝侍〟と呼ぶべきだそうだ。さむらい……すなわち、さぶらう輩だ」

「ははは、それは面白い」

幸四郎が笑って言った。

「もっともじゃないか。おれ達は戦《いくさ》をしなければ、さぶらう輩なんだ」

「それじゃ町人と変わらんじゃないか」

丈之助が睨むように目をつり上げた。

「さぶらう輩ばかりじゃ、幕府は滅びるさ。どうなんだ、古河原。幕府《おかみ》はほんとに滅びるのか。幕府は滅んでも、徳川《とくせん》は生き残るのか」

「幕府が滅びるのは確かだが、徳川はどうか。その後、誰が朝廷の錦《にしき》の御旗《みはた》を掲げるかにかかっている」

待っていたとばかり、古河原は言った。幕府の諜報筋に友人がいるという触れ込みだが、それはおそらく兄のことだろう。

「薩長の西郷《さいごう》、大久保《おおくぼ》、桂《かつら》らは血気盛んだ。何としても幕府と一戦交え、武力で天下を乗っ取ろうとろうとしている。だが将軍を平和に退陣させられれば、徳川は残る」

「もはや将軍は退陣なされ、一藩主として政《まつりごと》に参加されるべきだ。正直、もうあの幕閣では天下は治められん」

　と言う幸四郎に、丈之助が食ってかかった。

「いやしくも七百万石の〝徳川藩〟が、薩長やそこらの田舎藩と、ヒラに並ぶと思うか。三万もの幕臣はどうなる？　ここは一戦交えて、落とし前をつけるのが筋じゃないか」

「おぬしら主戦論者は、現実を見ておらん。長州一藩に負けた徳川が、薩長連合に勝てるのか？　薩も長も単独で外国と戦った、イノシシ武者の国だぜ」

　と古河原が言った。

「いや、おぬしこそ見ておらん。徳川の御威勢が強いのは、西より東北諸藩だ。関東に戦場を移せば、可能性は大いにある」

「その東北諸藩が、問題なんだ。連中の重装備は、信長《のぶなが》公の時代のものだ。鎧兜《よろいかぶと》に法螺貝《ほらがい》だぜ。戦になれば敵はたちまち東北をなぎ倒し、この箱館まで攻めて来る。ところが箱館でまともに使える大砲は弁天砲台だけだ。この町を、果たして弁天砲台だけで護れるのか？」

「そこだよ、問題は」

と丈之助は熱した声でまくしたてた。

「もし戦が始まったら、奉行所を早めに蝦夷から撤退させるべきだ」

「箱館二万の民を放ったらかして、奉行所が逃げる気か？」

「逃げるのではない。この箱館を戦場にしたくない。それよりも早いところ江戸に主力を結集するべきだ」

「江戸を火の海にするのか」

「お江戸は神君家康公により、不敗の都市として造られている。でかい城がある。幾重にも堀に囲まれた、鉄壁の名城だ。戦はここでするべきだ。江戸を制する者が、日本を制するのだ」

「気賀さん、それは古い」

黙って呑んでいた幸四郎が、一杯機嫌で食い下がった。

「さすがの神君も、大砲の進化までは予想しておられなかった。今の大砲をもってすれば、江戸城なんぞ簡単に破られる。孫子《そんし》の兵法にもありますよ、勝てない戦はするべきではないと」

「勝算は、わが幕軍の海戦力にあり、だ。幕府は海軍がめっぽう強い、海から攻撃すれば充分に勝算はある。江戸湾は、幕府艦隊が守る」

毎度のことながら、この辺りから殺気立ってくる。

「それに勝ち戦ばかりが戦ではなかろう。仮に武運つたなくても、主家に殉じるのが武士というものじゃないか」

「大きな声じゃ言えないが、丈之助、お前は古い」

と古河原。

「古くてどこが悪い。新しければすべていいのか。なあ、支倉、だんまりを決め込んでるが、お前はどう思うのだ？」

「自分ですか……自分は武士を返上したいです」

「何だと、武士を返上すると？　返上してどうする？　返答によっちゃ叩き斬るぞ」

「返上したら……逃げます」

「どこへ逃げる？」

酔った丈之助が声を荒げ、刀を引き寄せる。

「そこまでは考えてないが、自分は〝さぶらう輩〟ですから」

「二人とも、どうも悪酔いしたようだ」

座が乱れて来て、古河原がなだめるように言う。

「そろそろお開きにするか」

だが幸四郎は酔眼朦朧《もうろう》とした目で、相手の肉厚な顔を見返した。相手を見てはいない。目の奥に浮かんでいるのは、あの山峡の墓に手向けられた可憐な野の花だった。

「これでお開きとは情けねえな、話はこれからだ」

同じく酔いが回っている丈之助が、なお言い立てる。

「丈之助、蛮勇だけでは勝てんよ」

「いつからそんな腑抜けになった。おれたちにはもはや徹底抗戦しかないんだ」

丈之助は高い声で怒鳴り、盃を投げつけた。盃は古河原の肩の横を掠めて、背後の屏風に当たって転がった。最近は酔うと激しい議論が飛び交って、最後はいつもこのように修羅場になるのだった。

「われらは神君の代から徳川恩顧……」

……の声が、幸四郎の耳からだんだん遠のいていく。

耳許を行き交うやりとりはいつしか消え、あの山奥に墓参し、花を手向けた者への思いが胸に膨らんでいく。

実は幸四郎は、最近になってから、蒲原《かんばら》家の営む温泉宿『二本桜《いっぽんざくら》』に手紙を出したのである。だが受取人不在で戻ってきた。

飛脚問屋の話では、宿に通じる川沿いの道は雑草が繁茂して、人が踏みしだいた気配はなかった。それでも門まで分け入ってみると、閉ざされた門扉に、スイカズラや山フジの蔓が何重にも巻きついていたと――。

いつの間にかうとうと寝込んだらしい。現実に引き戻されたのは、五つ（八時）ごろだった。

気賀丈之助と古河原はすでに席を立っていて、座敷にいるのは幸四郎ひとり。そばに仲居がいて、しきりに幸四郎を起こしている。

「起きてください、支倉様、喧嘩です……」

喧嘩は隣室で始まり、気賀と古河原は止めに入ったが収まらず、皆で決闘しに外へ飛び出して行ったというのである。

幸四郎は、馬鹿馬鹿しくなって、迎えに来た若党二人と共に帰ることにした。湿って生暖かい夜気の中を、かれは覚束《おぼつか》ない足取りで家路を辿った。

翌日、十人余りが組頭の高木に呼び集められ、〝減俸〟との杉浦のお達しを伝えられた。

前夜、俵屋で酔っ払った役人の狼藉《ろうぜき》があり、障子が破られ、器類が何点か壊されたと、苦情が入ったのである。眠っていて何が何だか分からない幸四郎も、この狼藉組に加えられ、幾らかの減俸処分に預かった。

三

〝ヤンキードゥドゥル〟の曲が、湾岸の町に賑やかに流れていた。

アメリカ軍は行進が好きで、何かと言えば鼓笛隊に先導された美しい行列を仕立て、町を練り歩く。今日もまた海軍の行進でもあるらしく、湾岸はざわめいている。

幸四郎は運上所を出て、従者を従え騎馬で弁天町に向かった。

幸坂下《さいわいざか》にある高龍寺《こうりゅうじ》は、箱館で最も古い曹洞宗の古刹《こさつ》である。門は潮風に晒されていて、ここに眠る多くの先達《せんだつ》の墓所にふさわしく、なかなか風格がある。

旧奉行所に近かったから、公務で使うことも多い。杉浦が赴任して来た時も、下船してからここでしばらく休憩し、大名行列を仕立てて、奉行所まで向かったものだった。

幸四郎は山門前で馬を下り、従者に託して一人で山門を潜った。

砂利道を進み、庫裏《くり》で住職を呼んでもらうと、あたふたと出てきたのは、顔見知りの小太りの副住職だった。

「これは支倉様、ようこそお越しくだされました。あいにく住職は法事で出ておりますが、ほれ、そこの魚見町《うおみ》の雑魚場《ざこば》ですから、奥で少しお待ちくだされ」

「いや、なに、それほどの用でもありません。こちらの檀家の、消息を知りたいだけですから」

　と幸四郎はその場に立ったまま、彦次郎と郁の父親千愚斎《せんぐさい》の名を言った。

かれは以前からここを菩提寺《ぼだいじ》と決め、墓も建てており、大千軒岳から持ち帰った彦次郎の遺品をそこに埋葬したと聞く。

最近その千愚斎が寺に立ち寄ったかどうか、消息を聞きに来たのである。

「ああ、千愚斎どのですか」

　副住職は頷き、ふとふっくらとした頰を引き締めて合掌した。

「あのお方は、亡くなりましたよ」

「えっ」

　ぐらりと足下が揺らぐようだった。

「……いつのことです？」

「ええと、命日は今年の正月三十日でしたかな。前年より風邪《かぜ》をこじらせて、寝ついていたそうで……」

番頭の手紙に体調が悪いとあったのはいつだったか。

「まだ五十半ばでしょう。去年の夏、挨拶に見えた時は、まだお元気そうでしたからね。〝自分が死んだら、ここに骨を埋葬してほしい〟と遺言なされたとかで、ご家族が、雪の溶ける時期を待って、納骨に参られたのです」

「そのご家族とは？」

「ええ、あれは娘さん、お郁さんと言いましたか……」

「郁どのが……！　一人でしたか」

「ここへは若い衆一人と、お女中一人を供に連れておったようで」

「で、郁どのはその後……」

「国元に帰られたでしょう。たしかそのように伺いました」

「国元へ？　あの『一本桜』という温泉宿はどうなったのですか」

「ああ、宿は手放したそうですよ。何でも、頼りにしていた番頭も、在《ざい》に引っ込んだそうでね」

言うべき言葉を失い、幸四郎はその場に立ったまま、玄関先にこんもりと咲く紫陽花《あじさい》に目を落とした。わずか一年足らずの間に、すっかり変わってしまったのだ。

果敢《はか》ないものだと思った。

ようやく気を取り直して、幸四郎は目を上げた。

「……今後、もし郁どのが寺を訪れたら、奉行所の支倉に連絡してくれるよう、伝えてもらえませんか」

「承知致しました。必ず、伝えましょう」

相手は頷いた。

墓参を済ませ、亀田の役宅まで戻った時は、もう日暮れて暗くなっていた。足下が波打つようにくたびれていた。

だが、なぜ……と思わずにはいられない。

郁は箱館に帰っていながら、なぜ自分に一報し、父親の死を知らせてくれなかったのか。返すがえすも冷淡な仕打ちに思われ、恨まずにはいられなかった。

やはり郁は今もって、自分を許していないのだと思った。蒲原一家を崩壊に導いた責任は、つまるところ彦次郎を救えなかった自分にあるのだ。

郁は馬を乗りこなすほどのお転婆娘である。もしかしたら故郷に帰る前に、案内人を頼んで山に入ったかもしれないとも考えた。

冷たい床《とこ》に潜り込んでからも、そんなことをあれこれ考え、頭が錯綜して寝付けなかった。ようやく眠りに落ちてから、郁の夢を見た。あまりに他愛ない夢だった。どこかの土手のリンゴの木が、美しく白い花を咲かせている……。その下に立っている女は、はっきりと顔は見えないが、郁だ……。思わず大きく手を振り、郁どの……と呼んで駆け寄ろうとして目が醒めたのだ。

どこか遠くで、半鐘が鳴っていた。耳をすますと、カンカン、カンカン……と二点連打で、消火を告げる打ち方である。

その音も止むと、急に深い静けさが襲ってきた。幸四郎は眠れぬまま、ひたひたと襲う寂涼感をやり過ごした。

チチチ……と小鳥の囀《さえず》り声が聞こえ始めると、やおら起き上がって寝間着のまま庭に下り、薄明かりの中で木刀を構えた。

目に見えぬ敵が目前にいると想定し、気を集中して、腰から踏み込んでいくのである。

唸りをあげて木刀は、〝敵〟の右肩を打ちすえた。次は左肩……次は頭蓋……次は心の臓を一突き……と繰り返し、顔面に汗が滴《したた》るまで止めなかった。

四

この日の夜もまた、幸四郎は亀田の居酒屋にたむろして過ごした。

歯痛はまだ治まらないが、医者に行くのを一日延ばしにする一方で、日が落ちると連日のように酒場に入り浸るのだった。

そこへ行けば、誰かしら似たような仲間がいる。

誰もが情報をほしがり、議論を吹きかけ、口角泡を飛ばして議論した。あげくに愚かしい罵り合いや、殴り合いが始まるのは分かり切っている。

数日来の雨が上がったそんな六月初め、杉浦奉行は役職を集め、小出大和守の対露交渉が不首尾に終わったことを告げた。

届いたばかりの『カラフト島仮条約』の写しを読み上げると、座はひび割れた。それは〝赤人〟どもとの雑居を認めるものであり、一歩の進歩もなかったからだ。

「これは、後に禍根《かこん》を残すことになりましょうな」

重苦しい空気の中で、組頭の一人が控えめに意見を述べると、杉浦奉行は淡々と言った。

「和州どのは、それを百も承知だろう。ロシア側があくまで自説を曲げぬため、御使節は八回も会談を重ねた。夜は夜とて和州どのを囲み、論議を尽くしただろう……。この雑居をうたったのは、ロシア人に全島を占拠されないための、歯止めのためだ。この条約があれば押し返す余地がある、そう考えての苦肉の策だ……」

その説明は、幸四郎にも頷けるものだった。

古河原とも話したように、ロシアの強行姿勢の裏には、わが幕府の弱体がある。皆は交わす言葉もなく、ただ悔しく、やり場のない気分だった。

日が落ちると誰と申し合わすわけでもなく、またいつもの店に、いつもの顔ぶれが集まるのだった。

その夜も幸四郎は、いつもと同じ愚かしい時を過ごし、いつものように若党与一《よいち》の提灯に導かれ、夜ふけの道を千鳥足で帰った。

えんえんと続く塀に沿って進み、野犬がうろつく真っ暗な神社の境内を横切って行くと、相当に泥酔していても役宅までは四半刻(三十分)かからずに帰りつく。

夜半からまた空は厚い雲に覆われて、星一つ見えなかった。

雨になるかと何となく急ぎ足になり、裏の通用門から庭に入ってほっとした。裏口へ向かいかけた幸四郎は、白い猫が、草むらをよぎるのを見た。最近庭に住みついている、白黒ぶちの野良猫である。猫を追って中庭へふらふらと踏み込んだ。

だが猫の姿は見当たらず、ふとそこに佇んだ。

「殿、もう遅うございます……」

と与一が後を追って来て、提灯を掲げた。

だが幸四郎は、シッ……と制したきり、木々の枝ごしに視線を向けている。枝ごしに見えるのは自分の部屋だったが、縁側の板戸の隙間から明かりが漏れているのだ。

「自分はここにいる、部屋にいるのは誰だ？」

幸四郎は呟いて腰をかがめ、音をたてぬよう、雪駄《せった》を脱ぎ裸足《はだし》になった。足の裏に触れる土の冷たさが、酔いを醒ました。与一は提灯を吹き消して後に続く。

縁側の外までしのび寄ると、中から漏れる声が聞き取れた。

中に賊がいる、とかれは身振りで与一に伝えた。

自らは手水場《ちょうずば》の横の通用口から忍び込み、廊下から寝室に入って、襖の隙間からそっと様子を窺った。

「……おまえは誰かと間違えておる。誰に聞いたか知らんが、こういうことはよく確かめるもんだ」

手燭の明かりにぼんやり照らされた座敷の中央で、ぼそぼそ低声《こごえ》で言っているのは、磯六だった。

「いや、間違えちゃいない。おれは顔を知ってるんだ。ハセクラは御役所をかさにきて、人妻を騙している……」

言ったのは、磯六の向かいで短刀を構えている男である。後ろ姿を見せているがっちりして大柄な身体は、粗末な旅支度に固めており、言葉にはどこかの地方の訛がある。

「人の言うことはよく聞け。それはおまえの思い込みだ」

磯六が落ち着いて繰り返した。

「あの腐れ役人を庇うのか、同じ穴のムジナだな……」

「よし、そこまでだ」

大きな声がして隣室との境の襖がガラリと開いた。

ギョッとしたように男は振り向いた。

幸四郎がそこに立っていた。

同時に廊下側の障子も開き、剣の遣い手の与一と、数人の郎党が飛び込んで来た。

与一が飛びかかって男から短刀を奪い、縄をかけようとしたが、待て、と幸四郎は押しとどめた。

この若者を、どこかで見たような気がしたのである。

「私は支倉幸四郎だが、お前は誰だ？　勝手に他人の家に入り込み、お説教もないだろう」

若者は小柄だが肩幅ががっちりし、その顔は強情そうだった。眉と眉が濃く、くっつきそうに迫っていて、その下の目はドングリ眼《まなこ》である。色は黒いが頬が赤く、まだ二十歳前に見える。

抵抗の意志はないと見て、幸四郎は皆を下がらせ、座敷にはかれと磯六と黙り込んでいる若者だけになった。

「殿、勝手に部屋に入り込み、申し訳もございません」

と磯六が、両手をついて頭を下げた。

幸四郎の帰りが遅い夜は、磯六は歯の治療薬と水を主人の部屋まで運んでおくことにしている。この夜も、手燭もつけずに廊下を通り書斎の前まで行った時、中から飛び出してきた何者かに、短刀を突きつけられたのだという。

「支倉幸四郎か、と問われ、そうだと答えました。賊が何を企んでおるか、確かめたかったからでございます」

幸四郎は頷いてその場に座り、若者に言った。

「まずは名を名乗れ。次に、腐れ役人に誑《たぶら》かされているとかいう、気の毒な人妻の名を聞かせてもらおう」

すると若者はドングリ眼を見開き、睨み付けるように言った。

「……おれは菊蔵《きくぞう》だ。お郁姉さんの、義理の弟だ」

「えっ」

幸四郎は、朦朧とした酔いが吹き飛ぶ心地がした。

「義弟だと……？」

というとこの者は、郁の夫の弟なのか。

そのような縁故の者が、なぜ私をつけ狙う？

まじまじと相手の顔を見ながら考えるうち、幸四郎の記憶の底から、思いもよらぬ一つの顔が浮かび上がってきた。初めて一本桜の宿を訪ねた時、真っ先に出て来た下男らしき少年がいたっけ。

帰りには庭の木のそばに立ってこちらを見ており、すぐ庭の奥に姿を消したが、眉がくっつきそうに濃い、暑苦しい印象が瞼の底に残っていた。

そうか……、とやっと思い当たった。

「ぬしは、あの宿にいた坊やだな」

と訊ねると、小さく頷いた。

「郁どのの用心棒か？」

「そうだ、自分は姉上を守るよう言いつかっていた。姉のお供で、何度か奉行所にも行ったし、文も届けた。あんたは姉上しか目に入らなかったろうが、自分はあんたを見ている」

「なるほど。そういうことか」

感嘆したような言い方になった。人生にはこんなこともあり得るのだと、驚きを隠せなかった。

「確かに郁どのとは何度か会っている。ただし断っておくが、それなりの用があってのこと。私用で会ったことは一度もないし、郁どのが箱館を去ってからは、会うどころか音信不通だ。ぬしの言い分とはずいぶん違う。私は飲んだくれの腐れ役人かもしれないが、女衆を〝誑かした〟ことは一度もない。名誉に関わるから、どういうことか説明してもらいたい」

「すべて知ってるぞ」

と菊蔵は挑むように言った。

郁は箱館を出帆する日の前日、幸四郎を役宅まで訪ねて行ったきり、待ち合わせ場所に現れなかった。宵の口には乗船することになっていたため、かれは業《ごう》を煮《に》やして支倉宅まで迎えに行き、強引に連れ出して船に乗ったという。

郁は船でしばらく泣いていたが、何の説明もしなかった。

だがその後、美濃に帰ってつつがなく兄と祝言をあげ、新妻として仲睦まじい日を送っていた。しかし父親が死んで納骨に来ることになり、菊蔵はまたお供を仰《おお》せつかった。

郁は箱館に着くや、一通の手紙を渡し、亀田の支倉家に届けてくれるよう頼んだのである。

かれはそれを預かったが、密かに焼き捨てた。以前から義姉と支倉の仲を疑っていたから、手紙を渡す気にはなれなかったのだ。

郁はその後、一月《ひとつき》近く、箱館近郊の大野村の知人宅にいた。その間、菊蔵はもう一回手紙を預かったが、それも渡さぬままだった。

郁は女中と二人で帰って行ったが菊蔵は箱館に残り、窯元の実家には戻らなかったのだ。一本桜にいた時、郁の父親千愚斎から金山師《かなやまし》の手ほどきを受けており、金山師になりたかった。その方が性分に合っていた。

銃は使えるし、刀も格闘技も人並み以上の自信がある。近日中に箱館を発ち、先輩らとともに蝦夷の奥地に入るつもりだという。

その前に義姉の情人に、〝一発かましておきたい〟と思ったのだと。

それを聞いていきなり幸四郎は相手の胸ぐらを摑み、思い切り揺すった。

「言われてみて、もう一つ思い出したことがある。郁どのが私を訪ねて来た日、私は不在だった。行き違いだと家の者に言われて、慌てて後を追いかけたが、その時何者かに襲われた……。あれはお前か？」

「そうだ、斬り損なって残念だった」

カッとなって、その赤い頬を思い切り平手で打った。

「なぜ郁どのが、お前のような出来損ないに手紙を託したか分かるか。誰に読まれても差し障りないものだからだ。恋文だったら、お前なんぞに託しはしない。そんな道理が何故分からぬか」

「あんたには、義姉さんは渡さない！」

（この男、妄想に取り憑《つ》かれてるな）

と幸四郎は思った。郁に邪心を抱いてるのはこの菊蔵なのだ。そしてもう一つの謎がゆっくり解けた。

「お前は、郁どのを導いて大千軒岳に登ったんだろう。墓標を立てるために山に入った千愚斎どのに、お前は随行している。だから道を知っていた……」

眉をくっつけて無言で見つめ返してくる菊蔵を、幸四郎は邪慳《じゃけん》に突き放し、立ち上がって縁側に出た。ガラリと雨戸を開くと、嵐になりそうな湿った夜気が入ってくる。

大きく息を吐き、たれ込めた夜空をしばし眺めた。

背後があまりにシンとしているので、ふと振り返ると、菊蔵は両手をついて頭を下げ、泣いていた。

若者を連れ出した磯六は、酒を少し呑ませ、路銀を持たせて帰したという。

幸四郎は物も言わずに寝間着に着替え、布団にもぐり込んだ。眠気が訪れたのは、そろそろ空が白みかける頃だった。

翌日、朝から降り続いた雨が上がった午後遅く、幸四郎は馬を駆って、再び箱館山麓の高龍寺に向かった。

雨上がりの墓地は木立に囲まれており、蒲原父子の墓は、山肌に沿って階段状に並ぶ中腹にあった。

その墓前には、すでに花が供えられていた。無造作に手折られたリンゴの枝である。

幸四郎は思わず周囲を見回した。漂い始めた薄闇の中には人影もなく、吹き抜ける強い海風に木立がざわめいている。

菊蔵が来たのだ。

あの若者は物狂いし、認めたくない真相を幸四郎に突きつけられたが、今は非を認めて、蝦夷の奥地へと旅立って行くだろう。リンゴの一枝はなにがなし、幸四郎への詫びに思えて微笑を誘う。

かれはそこに立ち、また雨になりそうな柔らかい夕暮れの海を見下ろした。

港に停泊している船には、明かりがぽつぽつと灯り始めている。そんな夕景が、一つの想いとともに、心に沁み入った。自分は恋を失ったのではない、まだ望みはあると……。

第四話　われ動かざる

一

「どうだ、今日の天気は……」

杉浦奉行は刀を腰に納めながら、近習の卯之吉に問うた。

卯之吉は、英国商人ブラキストンから文明の利器たる機械と、気象学を学んでいる。西洋流のこの天気占いは当たることが多く、杉浦は外出前によく天気を訊ねるようになった。

年が明けて慶応四年（一八六八）一月のこの朝は、一刷毛《はけ》の薄い白雲がかかる以外は、空はどこまでも青く晴れ渡っていた。

「はい、末吉にございます」

卯之吉の天気占いは、晴れは大吉、曇りは吉、雨は小吉、雪は末吉で、嵐は凶……ということになっている。

「何だ、晴れているのに大吉ではないのか」

「薄雲がかかっていて、これが雪を呼びましょう」

卯之吉が自信たっぷりに答えると、奉行は満足げに頷いて、五つ（八時）に騎馬で五稜郭を出発した。

行き先は大町の運上所で、定例の領事《りょうじ》会見である。随員は通詞二人、組頭三人、調役と定役が併せて七人で、幸四郎も加わっている。警備兵十五人がその後に従う。

もう七草《ななくさ》を過ぎていたが、通り過ぎる市中には、雪を被った門松《かどまつ》や、ツララを垂らしたしめ飾りがまだ目についた。

去年の十一月には、すでに〝大政奉還《たいせいほうかん》〟が布告されている。だが町には、正月らしいのびやかな空気が流れていた。

とはいえ幕吏はもとより、商人や居留外国人には大きな衝撃だった。幕府の直轄下、海外の商船で賑わう町である。

奉行所などは暮れのうち、爆裂弾でも落ちたように殺気だっていた。

そもそも〝大政奉還〟という意味が、にわかには呑み込めない。

もちろん杉浦奉行の解説は至って明快だった。

「幕府は慶応三年十月十四日をもって、政権を朝廷にお返しした。そこに何の武力行為も、流血騒動も発生しない。ただ慶喜《よしのぶ》公は未だ〝征夷大将軍《せいいたいしようぐん》〟であり、諸藩への軍事権を有しておる。わが奉行所に課せられているのはこの蝦夷と北方の守りであり、今までと何ら変わるところはない」

つまり、土佐の山内容堂《やまうちようどう》の唱える穏健策を慶喜が採用したことで、武力倒幕を目ざす薩長の野望を、封じ込めたということだ。

しかし……。

朝廷に政権を返しても、あの無知無能の公卿《くぎよう》たちに政務を営む力があるのか？

結局は、錦の御旗に隠れた薩長が実権を握るのではないか。そうなったら徳川はどうなるか。

そんな疑問が後を絶たなかった。

外国人にはさらに難解らしく、質問が雨あられと降り注いだ。

「慶喜公が自ら〝タイクン〟の座を下り政権を返したのに、将軍であり続けるとはいかなることか？」

「政権を奪われて、戦が起こらないのは何故であるか？」

「今後、徳川はどんな立場になるのか?」

年末に運上所で顔を合わせた時は、アメリカのライス、ロシアのビューツオフ、プロシアのガルトネル、イギリスのガワーら各国領事、そしてブラキストンら外国商人達からも質問責めで、会見は大荒れだったのだ。

だが新しい年が明け、かれらにも理解が行き届いたのだろう。

杉浦の思惑に反し、この日の運上所は穏やかな挨拶に終始した。

あの混乱は収まって、日本に何があっても自分らは厳正中立の立場を守る、と領事らは宣言したのである。

おかげでこの日は、午後早めの散会となった。

杉浦はこの後、山麓の警備屯所《とんしょ》を騎馬で見廻ることにしていた。大政奉還してからは、何が起こるか分からぬ非常時である。随員の半数は五人の警備をつけて帰し、残りの随員と騎馬警護隊十人の小人数で見廻りに向かった。

空が暗く雪になりそうな雲行きで、卯之吉の予報どおりになりつつある。沖の口と、外人居留地を廻った頃にはチラチラと雪が舞い始めた。

「卯之吉め……」

とまるで卯之吉のせいのように、奉行がぼやく。湾岸を弁天台場まで進んだ辺りで、吹雪になった。予定ではさらに南部坂と旧奉行所まで見廻るところだったが、この雪では馬の足も鈍り、亀田の五稜郭に帰り着くまでに日が暮れよう。

見廻りはここで打ち切ることにし、一行は、北西から吹き付ける大吹雪を顔に受けて、弁天屯所を出発した。

しかし肌を刺すような横殴りの海風に、馬が進みたがらない。しきりに馬首を風と逆の方へ向けて、逃げようとする。皆は手綱を引き、鞭をあてて体勢を立て直しながらゆっくり進んだ。

内澗町辺りで湾岸から内陸に入ると、湾からの西風が遮られて幾らか楽になった。しかし家の密集する町を抜けて大通りに出ると、今度は海峡側からの東風が吹きつけてくる。

この高砂通りは、五稜郭まで真っすぐ続く一本道である。進むにつれ民家が少なくなり、雑木林がぽつんぽつんとあるぐらいで、好天の日でも海風が身を切られるように冷たい道だった。

吹雪は、空中で唸りをあげて逆巻き始め、粉状の細かい雪片が、口中にも目にも吹き込んでくる。まつげに雪片が付着して目を開けられず、口が塞がれ息も出来なかった。

いよいよ一寸先も見えにくくなり、人馬ともに喘《あえ》ぎ喘ぎ進む。

「支倉！」

と呼ばれ、幸四郎は馬の腹を蹴って少し先の杉浦に追いついた。その寒気で真っ赤になった顔の、眉毛にも雪がついていた。

「五稜郭まであとどのくらいか、先頭を見て参れ！」

「はっ」

幸四郎は先頭の警備兵に追いつき、話を聞いて、すぐに引き返してきた。

「馬が難儀しており、四半刻ほどはかかるそうです」

「よし、この先で休憩だ！」

杉浦は、少し先の庄屋屋敷への避難を提案した。

それは吉田五兵衛《よしだごへえ》という庄屋の屋敷で、五稜郭までの半分の地点にあり、有事の緊急避難に指定されている。組頭の高木も駆けつけて来て、それに賛成した。

「五兵衛宅で、吹雪が収まるのを待つと致す。ただし……」

と杉浦は、先触れの警備兵に命じた。

「一時《いっとき》、暖を取るだけだ、茶菓などいっさいの供応を禁ずる」

二

避難所となる庄屋屋敷の別棟は、猛吹雪のため表戸が閉ざされており、一行は母屋から土間伝いに別棟に入った。

そこには二十人は休憩できそうな広い土間と座敷があり、先触れの指示で、土間に掘られた二つの囲炉裏にすでに火が赤々と燃えていた。

上がり框の障子は開けられ、鏡餅と繭玉《まゆだま》が飾られた冷え冷えした座敷にも囲炉裏があり、薪炭が熾《おこ》っている。

だが杉浦は座敷に上がらず、随員と土間の囲炉裏を囲んだ。警備兵らは、厩《うまや》のそばの広い待合所で暖を取ることになった。

挨拶に罷《まか》りでた主人五兵衛からの強い申し出で、全員に舌が焼けそうに熱い甘酒がふるまわれた。甘酒とはこんな旨いものだったか、と皆は舌鼓《したつづみ》をうって啜った。

そのうち五兵衛がまた現れ、お奉行に面会を乞う者が二名、表玄関に来ていると言う。その名前を書き留めた紙を、組頭の高木に渡したが、高木は受け取らずにたしなめた。

「取り込み中だ、みだりに取り次ぐな。用があれば奉行所に参れ」

「いえ、手前も断りましたのですが、奉行所に出向いたところ、お奉行ご不在につき引き返してきたと……。昔、杉浦様にお世話になった者だそうで、取り次ぎだけでもと申すので、お伝えした次第でございます」

と恐縮する主人を横目に、高木は杉浦を返り見た。

杉浦には聞こえているはずだが、両手を火にかざしたまま黙している。それを一瞥して、高木は言下《げんか》に命じた。

「帰せ」

「はっ」

五兵衛は一礼して、後ろ下がりに下がった。

だがそれから寸刻をおかずに、アアッという主人の悲鳴が聞こえた。

闖入者《ちんにゅうしゃ》がすでに土間の入り口まで来ていた。

「お戻りくだされ、お奉行様は……」

叫ぶ嗄れ声が、乱れた足音にかき消された。さらに何人かが乱入してきたようだ。

先頭の三十がらみの小柄な男は、外套を脱ぎ捨てて来たのだろう、綿入れ胴着に短袴という軽装で、鉢巻に襷がけ、抜き身を下げている。

「杉浦さん、お久しぶりです！」

男が叫ぶ。

「お忘れですか、バンドウですよ、浪士組でお世話になりました！」

言いざま杉浦に向かって突きかかった。

だが杉浦は男を手刀でかわし、刀の代わりに炉のそばに置かれた火バサミを手に、無言で向き直った。

高木が刀をかざして奉行の前に飛び込み、

「無礼者、退れ！」

と賊を一喝する。

他の組頭と調役も刀を構えて、奉行を守るように立ちはだかった。

歴代奉行が武術を奨励し、特に杉浦が〝北の防人〟と音頭をとって稽古に磨きをかけているため、役人たちは剣を取るとめっぽう強い。なまじな腕の浪人など、恐るるに足りなかった。

少し離れた所にいた幸四郎は、とっさに短銃を構えた。別室にいる警備兵に合図を送るつもりもあって、乱入してきた男の足を狙い、引き金を引いた。

ズドン……と鈍い銃声がし、男は悲鳴を挙げて飛び上がり、土間に転がった。さらに次の男の足に銃口を向け、撃つ。

男は大声で喚《わめ》きながら閉ざされた表戸を踏み破り、足から血を滴《したた》らせながら雪の中へ転がり出ていく。調役の一人がそれを追った。

土間には斬り結ぶ刀の音がして、血腥《ちなまぐさ》い修羅場と化した。

杉浦に斬り掛かった男は、高木から一太刀浴びそうになり、飛び退いてかわしたが、片足が囲炉裏を踏み抜いた。もう一人は組頭と斬り結ぶうち、背中が表戸にぶつかり、よろめいたところへ討ち込まれ、右肩から鮮血を噴き出させて刀を取り落とした。

収束までは、電光石火だった。

銃声でただちに警備兵が駆けつけたが、その時は勝負はついていた。警備兵は、入り口を見張っていた五人目を取り押さえ、雪を血に染めて逃げる二人を捕縛した。五兵衛宅前にいた番兵が手傷を負った以外に、味方の被害はなかったが、賊は四名が重軽傷を負っていたし、バンドウと名乗った男は、襲撃失敗と見て、縄を受ける前に自らの刀を首に突き立てて自害した。

血と雪に濡れた衣類を着替え、事後処理を終えた時は五つ（八時）。五人は奉行に呼ばれ、揃って詰所に顔を出した。

「今日は大儀だった。諸君らの活躍で、私の出る幕はなかったぞ」

と杉浦は満足げに健闘を讃えた。近習が軽い酒肴を載せた膳を運んできて、奉行所秘蔵の銘酒がふるまわれた。

酒で緊張が解けると、高木が待ちかねたように問うた。

「しかしあの狼藉者らは結局、何者だったんでしょうか？」

「うーむ」

と杉浦は腕を組んで首を傾げている。

「賊は浪士組の〝バンドウ〟と名乗ったようですが、あれは本物なのか、名を騙《かた》ったものか……」

すると杉浦は頷き、当たり障りなく言った。

「バンドウに覚えはない。ただ、浪士組を取締まったことはある」

「しかし浪士組とは古いですねえ、たしか新選組《しんせんぐみ》の前身では？」

と一人が乗り出した。

「うむ、古い話といえば古いが、四年前のことだ。まだ覚えておる者もいよう。その残党と考えられんこともない……」

と杉浦は、滅多に語らぬ過去の一端を明かした。

当時、江戸に溢れる浪士対策として、幕府は浪士組を立ち上げた。名目は将軍警備で、家茂公の上洛《じようらく》の折に、警備として二百三十四人の浪士が京に送り出された。

「私はその浪士取締役を仰せつかったのだ」

ところが上洛するや、浪士組中の倒幕の密計が発覚し、大半は江戸に送還された。この時、京に残った近藤勇《こんどういさみ》、土方歳三《ひじかたとしぞう》ら十三名が、新選組を結成したのである。

江戸に帰された浪士らは千々に分裂した。一部は江戸警護の〝新徴組《しんちようぐみ》〟として再編成されたが、一部はただの暴徒と化し、辻斬りや強盗を繰り返した。

「その暴徒化した一派……その連中が手配を逃れて、東北から箱館に流れ、私の消息を知ってつけ狙っていたかもしれない。実はここ数日、尾行者がいるとの報告が、密偵から入っておった」

淡々と語る杉浦に、驚いたように一人が訊いた。

「では、尾《つ》けられているのをご存知だったのですか？」

「まあ、そうだ」

「庄屋屋敷で休憩したのも、誘導作戦でしたか」

「あのまま進んで襲われては、みな凍えておって、立ち回りが鈍くなる。それより休憩をとり、警備が手薄と見せて、にわか仕立ての斬り込みを誘ったほうがよかろうと」

幸四郎は息を呑んでそれを聞いた。

（もしかしてこの赤かぶ、ただ者ではない！）

杉浦は事件を予知していた。……であればもしかしたら、〝バンドウ〟にも心当りがあるのではないか？

他の者が座談に興じている間、かれはある事件を思い出していた。

暴徒化した浪士組の末路には、さらに血塗られた事件があった。その文久《ぶんきゅう》三年当時、幸四郎はまだ江戸にいたから、生々《なまなま》しい噂が同僚の間や巷《ちまた》に飛び交ったのでよく覚えている。

尊王攘夷を唱える巨魁清河八郎《きょかいきよかわはちろう》が、刺客によって、麻布《あざぶ》一の橋で暗殺された事件である。清河は、自らも浪士組の一員として上洛し、密かに倒幕を呼びかけた首謀者だった。

暗殺指令を発したのは、当時江戸にいた老中と噂されたが、杉浦がその時の浪士取締役であれば、事件の暗部に深く関わっていたはずだ。かれは口を閉ざして何も言わないが、今日の事件は、あるいはあの暗殺事件を引きずっていたかもしれない。

陰で〝赤かぶ奉行殿〟などと呼ばれているのを知ってか知らずか、日頃は穏やかそのものの杉浦だが、実はまぎれもなく幕府中枢にいて、黒子《くろこ》として暗躍した人物だったのだと、改めて思わされる事件だった。

座がお開きになり、最後に部屋を出ようとした幸四郎は、杉浦に呼び止められた。

はっと振り返ると、かれが静かな目でじっとこちらを見ている。

「支倉、おぬしは、千葉周作《ちばしゅうさく》の門下だったな」

「はい、北辰一刀流《ほくしんいっとうりゅう》の玄武館《げんぶかん》に十年通いました」

「ならば同じ門下の、坂本龍馬《さかもとりょうま》という男は知っておるか」

「あ、はい……。あちらは、定吉《さだきち》先生の桶町《おけまち》道場でしたが」

定吉は周作の実弟で、桶町に道場を開いていた。

幸四郎は十二歳で玄武館に入門したが、同じその年、十九歳の龍馬が剣術修行のため土佐から出府。土佐藩邸に近い桶町の定吉道場に入った。数年後には塾頭にまでなり、その勇名は玄武館にも聞こえたが、いつからかその姿は道場から消えていた。

再び消息を耳にした時は、名のある勤王の志士であった。

「実は坂本とは、一度話したことがある。松平春嶽《まつだいらしゅんがく》様のお供で乗った順動丸《じゅんどうまる》で、たまたま会った。勝《かつ》殿の門下生と聞き、話してみるとなかなか面白い。つい膝を接し、夜を徹して語り合ったのだ」

思い出すように杉浦は言った。

「なぜこんな話をしたかというと、坂本は昨年十一月に暗殺された。四条河原町《しじょうかわらまち》の醤油問屋に潜伏中、刺客に襲われたと……」

暗殺の二文字が胸を強打し、言葉が出てこなかった。刺客は幕府方か？　幕府を脅かすほどに、龍馬は大きくなっていたのか。

「……あのバンドウなる男は、独自の情報網から坂本暗殺を知り、刺激を受けたのではないかと思う。箱館奉行の皺首《しわくび》でも、挙げれば浪士組の名を上げられよう。それを土産《みやげ》に江戸に帰ろうと……」

なるほど、そういうことだったか。

幸四郎は、龍馬ののびやかな風貌を思い出していた。

誰かとの他流試合に勝ち、面を取って微かに笑った時の無心な顔。海の町で育った六尺豊かな若者は、江戸育ちの少年剣士の目には、野武士めいて大きく見えたものだ。

「尊敬する勝殿の弟子だったあの若者と、この私が、なぜ敵対する立場にあったのか。不思議なものだな……」

杉浦は苦い薬でも呑むように、眉をひそめて呟いた。

幸四郎は胸が一杯になっていた。

三

雪の日のその事件が、それから一年半におよぶ動乱の幕開けとなった。

「上方《かみがた》でイクサが始まったらしい」

というあらぬ噂が奉行所中に駆け巡り、箱館市中に広がり、天下がにわかに騒がしくなったのである。

だが内地から正式な知らせはなく、噂が本当かどうかもはっきりしなかった。たぶん入港した商船がそんな噂を落として足早に去り、風聞だけが口から口へと伝わったのだろう。

「上方大変……」

という言葉で始まる御用状が、杉浦のもとに届いたのは、正月気分も抜けた一月下旬である。

それによるとこの正月三日、大坂城を出て江戸に向かった会津、肥後《ひご》、彦根《ひこね》、桑名《くわな》などの幕軍が、鳥羽伏見《とばふしみ》において薩、長、土《と》、芸《げい》の軍に止められ、激しい戦闘が始まったというのだ。

三日に起こった戦闘ならば、勝敗はすでに決していよう。

お味方はどうなったのか、お上《かみ》（慶喜）はどうされたか……。

あれこれ気を揉みつつ日を過ごすうち、数日後の一月末になって、やっと急便が送られてきた。

去年の〝大政奉還〟に続いて、今度は〝王政復古《おうせいふっこ》〟という。

「何だよ、これは？」

「天朝《てんちょう》様の世になったんだ」

などという会話が、あちこちで交わされた。

〝王政復古〟の大号令は、すでに昨年末に京都御所で下され、慶応三年十二月九日をもって幕府は廃絶し、政治の中心は朝廷に移ったというのだ。

それは徳川幕府の死亡宣言ではないか。

奉行所は騒然となった。

「二百六十年続いた幕府が、この紙切れ一枚でお終いなのか」

「幕府が消滅してるなら、われわれは幽霊同然じゃないか」

「米不足どころか、われらは今後、木の根草の根を齧《かじ》って生きることになろう」

そんな呻きにも似た声が渦巻く中で、正月三日に京の伏見で戦が始まったという急報である。あまりに急転直下の激動に、一同は呆然としていた。まるで階段を踏み外したような落下感である。

情報の到着が前後して、時系列が錯綜《さくそう》しているのは、蝦夷が中央からはるか遠いことと、江戸表での大混乱を物語っているだろう。

ところが二月に入ってすぐ、思いがけぬ報が舞い込んだ。

「戦の顛末《てんまつ》は分かりかね候……」

という内状が、江戸の箱館奉行織田信重《おだのぶしげ》から届いたその日に、同じ江戸の箱館奉行所組頭が、鳥羽伏見の〝勝戦〟を伝える書状を送ってきたのである。

「幕軍御勝利の段、町飛脚にて報告あり……」

その報はたちまち奉行所内に伝わり、一同はワッと沸いた。まさに旱天《かんてん》に慈雨である。

「鳥羽伏見など、大坂城が見える所であろう。そんな場所で、お味方が負けるわけはない」

「薩の芋侍どもには、断じて箱根を越えさせんぞ」

などと急に勢いのいい声が、あちこちで挙がった。幕軍は新兵器を使っており、装備、兵力とも、官軍を上回っていたという。

退庁の太鼓が鳴り終わるや、

「祝杯を挙げようではないか」

と誰からともなく各溜り場のカッヘル（ストーブ）の回りに人が集まった。冷や酒の入った茶飲み茶碗が回され、幸四郎もこの祝杯にあずかった。

「鞭声粛々《べんせいしゆくしゆく》、夜河を渡る……」

と一杯機嫌で、頼山陽《らいさんよう》の『川中島《かわなかじま》』を吟じ始める者がいた。どうやら鳥羽伏見の戦いから、川中島の戦いを連想したらしい。

しかし幸四郎は、どうもあまり心が浮き立たない。

本当に鳥羽伏見で勝ったのか？　江戸でも情報が錯綜し、誤報が飛び交っているのではないか？

「これからどこかに繰り出そう」

と誰かが言い出し、行こう行こうと皆が賛同した。

だが、さて行き先の相談となると、これが決まらない。天朝様の世になったとたん、世の中、手の平返したのである。カネカネと言う店が増え、役人が行くと渋い顔をする店さえあった。

幕府によって開発されたこの港町で、すでに幕府の権威はがた落ちだった。人心も殺伐《さつばつ》たるものだった。

商店や呑み屋が、現金払いしか受け付けなくなっている。溜まったツケの払いを露骨に迫ったり、奉行所との取引そのものを拒む商人も続出していた。

「現金がなけりゃ呑みにも行けんのか」

と皆の愚痴が始まったところで、幸四郎はそっと抜け出した。

港湾掛の詰所に行き、最近の入港船の中で、江戸を経由してきた船を訊ねると、担当官は嘆息した。

「最近は、入港船そのものが減ってますからね」

まず外国船では、ブラキストン商会のカンカイ号が、大坂から神奈川《かながわ》を経て二月に入港予定となっているが、まだ入港していない。

日本船では、福島屋の『福笑丸《ふくしょうまる》』が数日前に入っているが、日本海廻りだった。

また材木を運ぶ安土丸《あづちまる》が昨日入港していたが、これは名古屋からの出帆だ。

蝦夷ガ島に情報を運ぶのは船だけだが、船さえも入港してこないのだ。

自分の詰所に戻ると、机に『桔梗』で呑んでいるという呑み仲間の置き手紙があった。この亀田の料理茶屋は、まだ〝顔〟で呑める数少ない店である。

しかし幸四郎はそこには向かわず、役宅に帰った。

無沙汰続きの母親に、急ぎ手紙を認《したた》めたかったのである。

食事をすますと、おもむろに文机《ふづくえ》に向かった。

手紙は短く簡潔で、江戸市中からただちに避難するよう勧める内容だった。

状況は相当きな臭くなっている、とかれは考えた。母保子《やすこ》には優秀な弟がついているが、江戸市中の危険は限りない。

鎌倉《かまくら》に母方の親戚がいるから、避難先はそこがいいと書いた。

箱館は番外だから、自分はたぶん近日中には江戸に帰れると思う。だが、いつ何があるか分からぬのが人の常。万が一、自分に何かあったら、六つ下の弟にすみやかに家督を譲り、慌てず騒がず授かった命を全うしてほしい……。

その手紙は、翌日には急便で江戸に送った。


〝幕軍敗北……〟の報は、思いがけぬ筋から奉行所に入った。

二月六日、英商船カンカイ号が入港し、一通の書状が、ウイル船長からブラキストンを介し、杉浦奉行のもとへ届けられたのである。

〝神奈川奉行所〟から託されたという。

「状況を一日も早く知らせたいため、箱館に帰るというイギリス船に書状を託す」

と断り書きがあり、支配組頭の名が連名で記されていた。

「……当月三日に大坂城を出た御先手組《おさきて》は、鳥羽伏見の辺りで薩摩兵に仕掛けられた。戦いは初め優勢なるも、東北諸藩から裏切り者が出たことで、先鋒《せんぽう》隊は大坂に撤退した。大坂城には動揺が広がり、諸手離散の修羅場となった……」

「上様は一月十二日、ひそかに大坂城を抜け出し、軍艦開陽丸《かいようまる》で江戸にご帰還遊ばされた。老中板倉伊賀守《いたくらいがのかみ》、老中酒井雅楽頭《さかいうたのかみ》、会津藩主松平容保《かたもり》がそれに随行した。主を失った大坂城は大混乱となり、その後炎上し、今は長州勢の支配下にあるという。まことに痛歎この上ないことである……」

（まさか、そんな……）

（あり得ないこと！）

情報は、天空からの一撃をもって奉行所を強打した。

幸四郎もまた皆と同じく絶句した。初めから感じていた嫌な予感が、まさに的中したのである。

さらにもう一つ、重要な情報を伝えていた。

「兵庫《ひょうご》奉行所はすでに閉鎖され、奉行はじめ全役人が役所を引き払い、英国飛脚船オーサカ号で江戸に引き揚げた……」

神奈川奉行所は、箱館の決断を勧めてきたのだろう。

そして、この時点ではまだ神奈川や箱館に伝わっていないことがあった。長崎《ながさき》奉行所の進退だった。

奉行河津《かわづ》伊豆守祐邦《すけくに》は、幕軍の敗戦を知った一月半ば、奉行所を配下に預け、港に停泊中の英国船に乗り込んだ。洋服を纏《まと》い、懐にピストル一挺を隠し持ち、従者を一人伴って、長崎を脱出したのである。

一か月後の二月半ばには、長崎奉行所は閉鎖となった。

ともあれ杉浦奉行は、神奈川からのこの一報で、大きな決断を迫られることになる。

四

杉浦奉行は二日後、一同に戎服《じゆうふく》の着用を命じた。

戎服とは、開港後に定められた幕臣の戦闘服である。

その陸軍の基本装備は、そぎ袖羽織（筒袖の外套）、細袴《ほそばかま》（ズボン）、陣羽織という和洋折衷のいでたちで、色は士官が黒か紺、兵士は浅葱色《あさぎいろ》、袖口に金色の階級章、背に紋章が入る。

被りものは、士官が薄鉄か革製の陣笠、兵士はコヨリを編んだ円錐形で黒漆塗りの韮山笠《にらやまがさ》となる。

箱館奉行所は、この時から戦闘態勢に入ったのである。

奉行所内の空気が、にわかにピンと張りつめた。

幸四郎らにとって、戎服は着慣れないものではなかった。いつからか、諸外国の儀礼にのぞむ時は着用することになり、その機会は時を経るにつれて多くなっていた。

初めて幸四郎がこの服でブラキストンに会った時、この大尉であり、動物学者でもあるイギリス商人は、上から下までしげしげと見回し、頷いた。

「よく似合ってます。イギリスの若き傭兵《ようへい》隊長ってとこかな」

と言って、茶色の頬髭を震わせて笑ったものだ。

もっともこの人物が、その巨体に羽織袴を着込んでいた時、幸四郎は、倅の祝言にのぞむ村長のようだと笑ったものだったが。

戎服を身につけると四肢が引き締まり、不思議に血が沸く。たぶんそこがイギリスの傭兵隊長とは違うところだろう。

そぎ袖、細袴、陣羽織という和洋折衷には、軍服という意味を超えて、新時代の香りがするのだった。

それを着ると、外国の空気を先取りしたようで、少しだけ賢くなったような気がする……。

これは新しもの好きの若い江戸っ子旗本に大評判で、江戸では今や平服になっていると聞くが、この蝦夷地でも事情は同じだった。

〝上方大変〟の報はすでに市中に広まった。住民らは、すぐにも薩長軍が錦旗《きんき》を奉じて攻めて来るごとく、浮き足立っていた。

奉行所は近々に引き揚げるらしい……という噂。

箱館を警衛する仙台、南部、会津、津軽、庄内、松前の六藩でも、国元から総引き揚げの指令が出たそうだ……という噂。

巷には虚報誤報とりまぜて、風説が入り乱れた。

警備諸藩の陣屋が空になり、奉行所も引き揚げてしまえば、箱館の治安はどうなるのか。薩長軍が町になだれ込んで来たら、住民はどうしたらいいのだろう。危機に乗じて、諸外国が砲撃をしかけてこないとも限らない……。

そんな不安が、あらぬ噂を呼ぶのである。

だが二月半ばになっても、杉浦奉行はいっこうに動かなかった。お奉行は何してる、の声があったが、かれは江戸表からの下知《げち》（指図）を待っていたのである。

すでに打つべき手は打っていた。

まずは市中の警備屯所を残らず見回って備えを確かめ、また各藩の留守居役に謁見して、万全の警備を命じた。

各国領事についても緊急に呼び集め、内乱に関して偽りのないところを説明し、今後は厳戒態勢に入ることを宣言した。

配下の役人には、非常手当として、幾ばくかの金子《きんす》を遣わした。定役以上の者へは、一人十両（およそ三十万円）ずつ。町兵、銃兵などには一人七両（約二十一万円）であった。

しかしその迅速な対応にも拘《かかわ》らず、江戸からは何の下知も届かない。江戸表は大混乱で、蝦夷の辺境まではとても手が及ばないのだろう、とは重々察しられた。

しかし下知が届かぬうち、変事が起こったらどうするか。

杉浦奉行はその際の覚悟を、徹夜で長文の上申書に認《したた》め、役職一同に回覧させた。

その文書が調役詰所に回ってきた時、最初に目を通した調役元締《もとじめ》は絶句した。無言のまま、まずは隣の者に回した。その者も、無言で隣に回した。

最年少で入り口近くに座っている幸四郎には最後に回ってきたが、目が吸い付いて、しばらく離せなかった。

　要約すれば、それは次のようになる。

〝一つ、賊船等の襲撃には、徹底抗戦のこと。

一つ、朝廷軍が襲来し、蝦夷島の引渡しを平穏に要求してきた場合は、平穏に引渡すのが筋であろう。ただしわれらは徳川の命《めい》を奉じて当島の守備の任についている以上、まずは江戸に急便を送り、許可を仰ぐのが道理である。もしこの道理が聞き入れられず、武力に訴えてきた場合は、応戦も辞さぬ覚悟だ。

ただ当島の四方に援軍はないから、われらは力を尽くして戦い、一死をもって徳川の御恩顧に報いるまでである……。〟

　末尾には二月十三日の日付と、杉浦兵庫頭誠の署名があり、赤く滲む血判がくっきりと捺《お》してあった。

　一読した幸四郎は、思った。

（赤かぶ奉行殿いよいよ本領発揮か……）

　それは奉行杉浦誠の、北の防人《さきもり》としての覚悟だった。

　江戸からは何のお達しもなく、〝絶海の孤島〟に放置されたままの箱館奉行所である。われら北の防人は、孤立無援の前線基地として見捨てられるかもしれぬ、と杉浦は理解したようだ。

朝廷軍に島の引渡しを要求された場合、〝まずは江戸の指図を仰ぐのが道理〟とあり、その〝道理〟が通らなかった場合、敵と刺し違える覚悟という。それは徳川恩顧の幕臣の意地である。

この政変でさまざまな価値が変わってしまった。そんな変幻する世に、人間の〝道理〟をもって立ち向かうことをかれは見い出した。

もし道理が通らずば、一死をもって抵抗する決意である、その時はこの杉浦誠に一命を預けてほしい、とかれは奉行所一同に訴えているのである。

その武人らしい愚直さ潔《いさぎよ》さに、一同は粛然とした。

杉浦の実家は久須美《くすみ》といい、三河武士ではなく、鎌倉武士の流れを汲む、と幸四郎は聞いたことがある。

『曽我《そが》物語』の曽我十郎祐成《すけなり》は、仇討を果たした後、相手の復讐を恐れて越後《えちご》に落ちた。その人物が久須美家の先祖であり、杉浦の祖父や父など、嫡子の名には今も〝祐〟の字が入っていると。

〝古《いにしえ》の鎌倉武士〟は、卑怯な振る舞いを蔑《さげす》み、正々堂々と武勇を尽くすことで、昔から武士の理想とされてきている。たとえ朝敵となろうとも道理に殉じようとする杉浦の姿勢には、そんな鎌倉武士の血が連綿と流れているのである。

それは動揺する自分らに、取るべき道を示唆しているように幸四郎には思えるのだった。

調役たちも誰もが無言だったが、筆頭がまずは署名して指先を切り、血で押捺《おうなつ》した。以下の六名がそれにならった。

杉浦はこの上申書に、幕府の下知を求める書状を添えて使者に託し、飛脚を申し出たプロイセン船で江戸表へ送った。


しかし……。

血判状に捺印したとはいえ、それは紙の上のこと。

奉行所内には異論百出《ひゃくしゅつ》で、取るべき道については大きく揺れていた。江戸の下知を待つまでもなく、撤退するべきだ、という声がだんだん大きくなっている。

すでに陣屋の引き揚げ準備を始める藩もあって、市中に火付盗賊が横行し始めた。

入港船が減少し生活必需品が入らなくなったため、いよいよ物価が高騰し、住民から不安の声が挙がっていた。

そんな不安の声が、奉行所内からも挙がったのだ。

「われわれも江戸に引き揚げるべきではないか」

「現に兵庫など、とうに奉行所を閉じている。神奈川も、今頃は閉鎖していよう。わが奉行所だけが、何をグズグズしておるのか」

そんな声が強まり、動かぬ奉行に対する非難の声が、調役や組頭の詰所でも囁かれ始めていた。

「お奉行は、江戸表の意向ばかり気にしておられるのだ」

「逃げ遅れれば、戦に巻き込まれるぞ」

さすがにそんな声に動かされてか、血判状を書いた三日後、杉浦は組頭四人を密かに奥居間に呼び集めた。

その四人とは荒木済三郎、高木与惣左衛門、山村惣三郎《やまむらそうざぶろう》、中沢善司《なかざわぜんじ》である。四人とも叩き上げの強者《つわもの》で、カラフト原野の極寒を肌で知る連中だった。

杉浦が、奉行所の〝去就〟について意見を求めるや、真っ先に高木与惣左衛門が膝詰め談判に入った。

「お奉行、それがしも引き揚げの機会を窺っておりました。今は食料も満足には届かず、配下の者は浮き足立っており、もう限界かと……。諸藩がまだ残っておるうち、一刻も早い引き揚げを！」

するとと、頬髭の荒木済三郎が、大きく頷いた。

「それがしも、まさに高木どのと同意見でござる。今や幕府は崩壊し、上様には追討令が出ておる現在、奉行所は〝賊軍〟でござるぞ……。賊軍が治安のために駐留するのは、いささか矛盾した話と心得ますが？　治安は警衛諸藩に任せ、即時引き揚げが筋でござろう」

他の二人もまた、この二人と同じ引き揚げ説を唱えた。

しかし杉浦は腕組みをしたまま、沈黙している。

「お奉行、ご決断を！」

高木が呼びかけた。

「決断？　すでにしておるではないか」

と杉浦は目を剝いて、断じた。

「何度も言おう。私は〝断然動かざる〟の決意である。諸藩の警護というが、その力はすでに有名無実ではないか。奉行所が総引き揚げしては、箱館は百鬼夜行の町になるしかない。カラフトから奉行所勤番が引き揚げたら、ロシアの南下は目に見えておる」

「御説ごもっともですが」

と荒木が声高に応じた。

「その責任はもはや、奉行所のものではござるまい。幕府が滅んだ時に、末端たる奉行所も滅んだのです。なお箱館に関わるのは、越権行為でござろう」

「何を申すか！」

杉浦は顔を真っ赤にして声を荒げた。

「政府の新旧を問わず、北方の護りは天下の大計、箱館は国防の要所である。目先の利に惑わされてはならぬ。今われわれが踏み留まらずば、誰が箱館を護るのだ。どんな風説があろうとも、せめて江戸から下知が届くまでは、落ち着いて在勤するのがつとめであろう」

「しかし奉行所役人といえども人の子……」

と年配の中沢が食い込む。

「今の奉行所の武力をもっては、到底薩長には太刀打ち出来ません。配下には、戦への恐怖が蔓延しておりますぞ。それをお奉行は、いかに思われるか」

「戦になるとは限るまい、私はそれを避ける方針である」

「いかにして？」

「その方法を探るのが、われらのつとめだろう……」

主張は嚙み合ず、大激論となって密談は終日に及んだ。

ただ杉浦の〝断然不動〟には、途中から高木が感銘を受け、態度を変えた。

国防は、一徳川の問題ではなく、日本人として考えるべき天下の問題だと論調を変え、他の三人を説得する側に回ったのである。

だが三人は頑として譲らず、もはや譲歩の余地はなかった。

今日のところは頭を冷やそう、と議論は翌日に持ち越されたが、事態は変わらなかった。

奉行の居間で行われたこの密談は、すでに皆に広まっていた。

奉行所内は異様な空気に包まれていた。どの詰所でも、引き揚げるべきか、動かざるか……の議論に沸き返ったのである。

幸四郎は、馬の様子を見るため厩に入っていた時、同じように厩にいた数人の下役らの雑談を偶然聞いてしまった。

「あの赤かぶオヤジ、分かってんだべか。戦になりゃ、真っ先に弾が飛んでくるのはこの五稜郭だ」

「真っ先に死ぬのはわしらだべな」

「今までペコペコしとった町のやつらが、〝朝敵の指図は受けねえ〟とほざきやがる。そんな連中のために、踏み留まる義理なんぞねえべさ……」

五

幾らか寒さもゆるんだその朝、杉浦奉行はひとり詰所にいて、蝦夷の地図を広げ腕組みしてじっと見入っていた。

もうすぐ荒木、高木、山村、中沢の四人がここにやって来る。

かれらは二言《ふたこと》めには、兵庫、神奈川の例を引き合いに出すが、分かっておるのかと杉浦は考える。

(同じ開港の町でも箱館は、神奈川、兵庫、長崎とは違うのだ)

箱館奉行所の支配地は、蝦夷ガ島を越えて、エトロフ、クナシリ、北蝦夷《カラフト》にまで及んでいる。

その蝦夷ガ島自体も広大なのだ。箱館を中心とし、近在には木古内、鹿部《しかべ》、砂原《さわら》、鷲ノ木……と幾つもの村を抱える。西蝦夷にはセタナイ、シャコタン、フトロ……、東蝦夷にウス、ホロベツ、モロラン、シラオイ、アッケシ、ニイカップ……。北にはイシカリ、ソウヤ……。

そこには先住のアイヌの民が住んで、生活を営んでいる。

そこには広大な原野や原生林が広がっていて、その開拓と、北の国防が、わが奉行所に掛かっているのだ。

こうしたすべてを、命惜しさに、放り出していいものか？

幼少から〝武士〟になるべく育《はぐく》んでくれた祖父の顔、父の顔を思い浮かべ、杉浦は沈思黙考した。かれらも、〝動かざる〟の決意を支持してくれよう。

だが万人にそれを納得させるためには、〝江戸表の下知〟が必要なのだった。かくなる上は、再び江戸に使者を送り、わが決意に対して幕閣の承認を得なければなるまい。

そこで改めて四人を集め、最後の説得を試みようと考えたのである。

かれらは叩き上げだから、足軽、馬方まで影響力を持っている。役所内にじくじくと膿《うみ》のごとく広がる反杉浦包囲網を、少しなりとも切り崩したい……と思う。

時刻通りに集まった四人は、さすがに緊張した面持ちだった。

特に白いものが鬢《びん》に混じった山村が、初めから〝涙〟の決め弾を投げてきた。

「……町の治安も大事でありますが、お奉行は、配下の一人一人の命にも責任がござろう。幕府が滅んで、行き場を失った者たちでござる。せめて江戸に待っておる家族に、帰してやっていただきたい。一人たりとも失うことなく、江戸に帰してやってくだされ」

すると荒木済三郎が、頬髭を震わせて第二弾を投げた。

「お奉行は、すでに〝長崎奉行所〟の例をお聞き及びでござろう。奉行の河津伊豆守様は、以前、この箱館奉行所で組頭までなされたお方。われらはその下でつとめた者でござる」

「…………」

「河津様は鳥羽伏見の敗戦を知ってすぐ長崎を脱出され、長崎奉行所を閉鎖されたと聞きます。その行動に非難の声もござるが、新政府軍との軋轢《あつれき》を回避したと、評価の声も高いのですぞ。いらざる戦を避けるためにも、町の治安はまだ残っておる警備諸藩にお任せ願いたい」

「箱館と長崎奉行所とは、根本が違う」

杉浦はきっぱりと反論した。

「北の防人《さきもり》としての責任が違うのだ」

「しかし北蝦夷カラフトは、雑居の条約が取り交わされたにより、もはやわれらの出る幕ではないと……」

「条約など破られるもの。番所を引き揚げては、北蝦夷はロシアの領土となろう。何より箱館をカラにしては、各国領事に示しがつかん」

「そもそも江戸からお達しがないのは、長崎、神戸、神奈川にならえとの、暗黙の下知と考えられますまいか？　退却の時期を失し、戦乱に巻き込まれては、迷惑千万。われら全員がぶじ帰府すること、それがこの奉行所の総意にござる」

「総意？　それがどうした。決めるのは私だ！」

そう断じた時だった。

「恐れながら……！」

と部屋の外から高い声が響いた。

ぎょっとして、一同は声のする方を見た。

「支倉幸四郎、申したき儀がございます！」

声は隣の近習部屋から聞こえ、皆は一斉にそちらに視線を向けた。

それまで襖の陰で盗み聞きしていた幸四郎は、言いざま立ち上がり、ガラリと襖を開けた……はずだった。

ところが次に起こったことは、ガタガタッと鈍い音をたてて、襖が詰所の側に倒れかかるという珍事であった。それと同時に、襖の陰にいた何人もの若い同僚らが、ワッと声を上げながら将棋倒しに倒れてきた。

幸四郎が力をこめて襖を開いたところへ、背後にいた古河原らも同時に襖に手をかけたため、力余っての結果だった。

とっさに幸四郎は襖の下に飛び込んだ。かろうじて両手と背中で襖を支えたものの、さらに背後から詰所になだれ込む者や、おっとっと……と六方《ろっぽう》を踏む者までいて、襖は蹴破られ、修羅場となった。

「無礼者、控えよ！」

仰天した荒木はスワとばかり腰を浮かし、ひざ立ちで叱咤《しった》した。

「奉行の御前でござるぞ」

「失礼つかまつりました！」

幸四郎は、畳にかじりつくように平伏した。あまりの思いがけぬしくじりに頭に血が昇って、とっさに次の言葉が出なかった。

だが背後にドヤドヤと音がして、十二名の若い同僚らが居ずまいをただし一斉に平伏したのを察知し、にわかに勇気が湧いてくるのを感じた。

（ここは引けないぞ）

背後には古河原耕平、気賀丈之助ら呑み仲間六人と、さらに定役の杉江や近習の卯之吉や、二十歳そこそこの下役らがいる。

杉浦奉行の苦境を知った幸四郎が、昨夜呑み仲間を集めて呼びかけたところ、得たりや応とばかり、全員が応じたのである。

前から早期引き揚げ説を唱えていた気賀までが、

「町の治安より、御身大切とは何たる心得違い、徳川武士の名折れだ。そもそも話が逆ではないか。お奉行はまだ箱館は二年めの、まあ言ってみれば新参者だ。引きかえお三方はヌシみたいな古株だろう。芝居じゃ、さしずめ連中こそが踏み留まって、逃げようとする新参代官の袖を捉えるところじゃないのか。ここはわが赤かぶ殿にお味方申すぞ。ただあのような卑怯なご老体どもこそ、すみやかに江戸へお帰しするべきだ！」

と前言を翻《ひるがえ》して憤った。

「なーに、めずらしいことじゃない。江戸のお偉い方々と同じことよ。だから徳川《とくせん》は落ちる所まで落ちてしまったのだ。わしらに逃げる所などない。かくなる上は潔《いさぎよ》く腹をくくって、徳川武士の意地を見せようじゃないか」

と古河原もまた気炎を上げた

その話を伝え聞いて、今朝になって新たに六人の若者が馳せ参じた。事前の打ち合わせでは、幸四郎の第一声に続き、詰所になだれ込むはずだったのだが、気負いが先立って皆が襖に殺到したため、襖を蹴破る羽目になった。

「われら、言上致したき儀があり、集まっておりました！」

落ち着きを取り戻した幸四郎は、丹田《たんでん》に力をこめて言った。

「しかるに勢い余ってかくなる乱行に及び、まことに見苦しきご無礼の段、お詫び申し上げます」

度肝を抜かれた一同は、一瞬シンとしていたが、事情が分かったとたんにドッと爆笑が巻き起こった。皆笑っていた。それまでの煮詰まっていた空気は一気にはじけ、さして広くはない詰所に笑い声が渦を巻いた。

「あまり驚かせるな、爆裂弾でも落ちたと思ったぞ」

杉浦は表情を変えずに言った。

「言いたいことがあれば、申せ。ただし静かに頼む」

「はっ、申し上げます。われら十二名、お奉行に従い、最後まで当地に踏み留まる覚悟にございます！」

杉浦の青ざめていた顔がだんだん赤くなった。

「開港以来、諸先達が心血《しんけつ》注いで拓《ひら》いてきた箱館を、一瞬たりとも放置し無頼に預けていいとは、この支倉、どうしても思えません。また北蝦夷に、ロシアの横暴を許すことがあっては、小出前奉行のご苦労を、水泡《すいほう》に帰するものと考えます」

幸四郎が言い終わるや、古河原が次を引き取った。

「古河原耕平、申し上げます！　江戸からの下知がどうあれ、朝廷ご使者が到着されるまで、当地を警衛するのがわれらの職務でござろう。ここで逃げては徳川武士の一《いち》分《ぶん》が立ちませぬ。この古河原、最後まで任務を全うする所存であります」

「同じく気賀丈之助、これまで武道を研鑽《けんさん》して参ったのは、市民警護のためと心得ます。何故にもっと早くわれらにお申しつけくださらぬか。是非ともわれらに、職務の遂行をお申しつけくださいい」

「同じく……」

と続き、十二人全員が次々と名乗って思いを表明したのである。

顔を真っ赤に火照らせて聞いていた杉浦は、名乗りが終わってもしばし絶句していた。

この者どもは、日頃からどこか奉行を軽んじ、夜ともなれば泥酔して騒ぎを起こす、始末に困る札付きである。今日も襖を蹴破って騒々しく現れた。この〝悪童〟どもを、どこまで信じていいか一瞬迷う表情だった。

だがすぐに大きく頷いた。

「よう、申した。この困難な時に、そなたらの申し出は何にもまさる。実は明朝にもそなたらに招集をかけ、奉行所の方針を申し伝えるつもりであった……」

とおもむろにかたわらの地図を広げ、皆に見せて言った。

「諸君、これをよく見よ。見ての通り蝦夷は広いのだ。これだけの地を預かる奉行所であれば、肝心なのは、目先の利より天下の大計……。そなたらに今後は掛かっておるぞ！」

てんでに皆は、はっ、心得ました……などと声を上げた。

組頭らは居心地悪そうに何か囁きかわしていたが、もう少し考えてみるということになり、ようやく散会となった。

しばらくして荒木だけが、杉浦奉行の方針に服するむねを申し出て、杉浦を喜ばせた。

だが他の二人の組頭は強行に主張を変えず、帰府を懇願する姿勢さえ見せた。

翌日、杉浦は調役一同を招集し、〝動かざる〟の決意を改めて伝えて理解を求めたのである。意外にも若い層には賛同の声が多く、杉浦は意を強くして、さっそく次の手を打った。

すなわち自らの決意を表明する二回めの上申書を作成した。荒木済三郎が江戸までの使者を買って出たため、杉浦はそれを荒木に託したのである。

荒木は英船カンカイ号で江戸に向かった。

すでに二月も末になっていた。

半月後の三月十六日、春めいた箱館湾に一隻の蒸気船が入港し、懐かしい人物が降り立った。

一昨年まで箱館奉行所の組頭であり、小出大和守の遣露使節に随行した橋本悌蔵だった。かれは帰国後、一橋《ひとつばし》家の仕事をしていたが、今回、江戸詰の箱館奉行並に任じられ、使者として幕府の返書を携えてきたのである。

「朝廷方に、穏便に引き渡しの後、役職を引き連れて引き揚げるべし」

とそれは、杉浦の第一回上申書を承認するものだった。

橋本は剛直で度量もあり、配下によく慕われており、さっそく亀田の『桔梗』で、歓迎会と称して皆に囲まれた。

その席でかれは、神奈川奉行所の引き渡し時の大混乱を語り、また江戸表の風雲迫る現況を縷々《るる》話して聞かせ、一同に覚悟を迫ったのである。

それによると、鳥羽伏見の敗戦で慶喜公がまさかの帰府を果たしてから、江戸城内は混乱をきわめたという。

橋本自身は江戸城には出ていないが、お目見え以上の幕臣が登城して二派に分かれ、〝徹底抗戦〟か〝恭順〟か、連日徹夜の議論に明け暮れた。皆が下城するのはいつも、空が白み始める時刻だったと。主戦派には小栗忠順《おぐりただまさ》、榎本武揚《えのもとたけあき》、大鳥圭介《おおとりけいすけ》ら、恭順派には勝海舟《かつかいしゅう》、大久保一翁《おおくぼいちおう》、山岡鉄舟《やまおかてっしゅう》らがいた。

慶喜は恭順派をとり、それまでの幕閣を退陣させて新執行部を選んだあげく、自らは江戸城を出て上野寛永寺《うえのかんえいじ》に入り、沙汰を待っているという。

皆が知りたがった小出大和守は、小栗に見込まれて勘定奉行をつとめた後、北町奉行として江戸の治安に尽くしたが、橋本が江戸を発つ少し前に辞任したと聞いたという。

ところで、この橋本を追いかけるように、二回めの上申書の返書が届いた。江戸に着いた荒木が、送ってきたのである。

それは何と、橋本が少し前に携えてきた前回の内容を、全否定するものだった。

「後事を警衛諸藩に預け、ただちに引き揚げよ」

とそこには厳命されていた。

すなわち江戸からの返書が二つ、ほぼ同時に奉行所に届き、その内容が正反対だった。二つの御用状とも若年寄川勝備後守《かわかつびんごのかみ》によって書かれており、同じ人物が同じ時期に、相異なる指令を出したことになる。

これはいかに？

杉浦は大いに怪しみ、橋本と高木を呼んで、話を突き合わせてみた。橋本は荒木と会っていないため、かれが発った直後に、荒木は江戸に到着したのだろう。

携えていた杉浦の上申書は内容が同じだから、川勝の考えを変えさせたのは、荒木の訴えであろう、ということに落ち着いた。

すなわち荒木は造反したのである。もともと引き揚げ論者のかれは、杉浦の信頼を裏切り、ここぞとばかり〝奉行のおかげで、戦乱に巻き込まれようとしている奉行所の窮状〟を訴えたらしい。

若い川勝はこれに同情を覚え、前言を翻えした……。

そんなところではないか、という結論になった。

幕府の事後処理班として選ばれた〝にわか若年寄〟の川勝は、箱館奉行の使者に過ぎぬ荒木の進言を安易に受け容れ、現地責任者としての杉浦の思いを掬《すく》い損なったのである。

おそらく箱館を発つ前から、引き揚げ派の二組頭と密謀しての、計画的な裏切りだったろうとも思われた。

「……今さら申すまでもないが、徳川も痩せましたのう」

と橋本は心底から嘆息した。

杉浦は腕組みをしたまま、黙して何とも言わなかった。人の性《さが》について、思いを至していたのかもしれぬ。

もちろんこの命令については、迷うことなく捨てた。

「引き渡しを完了するまで、自分は当地を動く意志はない」

と三通めの上申書に明記し、江戸に帰る橋本悌蔵に託した。

四月初めに江戸に帰着した橋本は、この上申書を幕閣に届け、ぶじに承認された。

第五話　惜春《せきしゅん》

一

戒厳令下の箱館は、遅い春――。

「奉行所は最後まで職務を全《まっと》うするゆえ、安心して家業に精を出せ」

と杉浦奉行は、市中に触書《ふれがき》を出した。

それが効を奏してか、人々は平常心を取り戻し、束の間の春を楽しんでいるように見えた。

幸四郎らは、引き渡しの準備のため忙しく騎馬で市中を駆け巡り、おおかたし終えた時分には桜が咲き始めた。

五稜郭の桜が満開になった四月半ば、杉浦は組頭一同を役宅に招いて酒宴を張り、箱館奉行としての最後の桜花を惜しんだ。

爛漫《らんまん》たる桜を眺めつつ、かれは改めて言うのだった。この美しい町を火の海にさせてはならぬと。

蝦夷鎮撫使《ちんぶし》に任じられた清水谷公考《しみずだにきんなる》には、平和裡に蝦夷を引き渡し、箱館奉行所は静かにその幕を閉じるのでなければならぬと。

だが内地の戦火は、北上しつつあった。

江戸城が無血開城されて、新政府軍の手に落ち、かれらは鳥羽伏見の戦いに圧勝した勢いで、奥羽鎮撫隊を北上させている。

それに対し、会津や南部などの奥羽諸藩は同盟を結び、徹底抗戦の構えを見せている。

海軍を率いる榎本武揚は、軍艦の引き渡しを拒否し、八隻の軍艦はいま房総館山《たてやま》の海上に不気味な停泊を続けているという。

しかしこの戦火が、海峡を越えて蝦夷に飛び火するとは、奉行所では考えていなかった。自分らが引き揚げさえすれば、蝦夷には攻撃目標はないのである。

今後の身の振り方が、ようやく皆の口にのぼるようになった。

このまま新政府に引き続き奉職を願う者は、優先的に採用されるよう、杉浦が掛け合うことになっている。また徳川家臣であり続けることを望む者は、杉浦に従って、おそらく徳川直轄の駿府《すんぷ》に赴くことになろう。

だが駿府に将来性があるとは思えず、いっそ縁故を頼って生地に帰り、新たな活路を見いだそうと考える者もいた。

幸四郎も迷ってはいたが、先のことはまだ考えていない。母親からは返書があって、江戸を引き払い、鎌倉の親戚に身を寄せたという。

「良かったらうちに来ませんか」

と声を掛けてくれる人物もいる。箱館一の豪商福島屋の、三代目嘉七《かしち》だった。かれは身代を継いで二年めで、幸四郎とは同年輩のためか、他の誰より親しみを見せていた。

「せっかくこの箱館に馴染《なじ》まれたのだ。当分うちで、天下の形勢を見られてはどうですか？」

幸四郎は驚き、感謝して、半ば冗談めかして言った。

「それは有り難いお話ですが……自分に出来ることといえば用心棒くらいですよ」

「その用心棒になっていただきたいのです。ただし知的な意味での用心棒ですが。これから箱館は文明開化がどんどん進むでしょう。私にも多少の野心があるので、海外に通じた支倉様にお知恵を拝借し、相談柱になってほしいのです」

相手はあながち冗談でもない様子である。

若くして三代目となったばかりで政権が交代し、不安と希望が半ばしているのだろう。幸四郎にとっても心弾む話ではあったが、自分に何が出来るとも思えず、結局そのままになってしまった。

正直なところ、当地に残るつもりはない。戦禍の江戸を離れたとはいえ、まだ老母が健在である。会えばまた見合い話を勧められそうだが、久しぶりに元気な顔を見たいと思った。


この慶応四年は、四月が二回ある。

四月が終わるとまた閏《うるう》四月となって、町には燦々《さんさん》と初夏めいた陽光が溢れ、木々の緑が鮮やかに目に沁みた。

そんな閏四月も九日の穏やかな午後、幸四郎は、高龍寺の住職から呼ばれて、弁天町まで騎馬で赴いた。

願乗寺《がんじょうじ》川《がわ》に並行する道を途中から湾岸に出て、海風が強く吹き抜ける海べりの道を、西の外れまで諾足《だくあし》で進む。

寺は海に近く、門の外で馬を下りると磯の匂いが鼻を掠めた。

境内で庭を掃いていた大柄な寺男臼吉《うすきち》が、幸四郎を見てすぐに庫裏に連絡してくれた。待っていたらしく、住職自ら玄関まで出て来て、線香の匂いが染みついた奥座敷に幸四郎を導いた。

「こう暖かくても、わしは火鉢が放せなくてのう」

と火鉢の火を掻き熾《おこ》し、小坊主が運んできた茶を勧めた。

「ところでどうです。市中で、何ぞ不穏な騒動は起こっておらんですか」

「いや、一時はいろいろありましたが、おかげさまで今はまあ落ち着いています。われわれもやっと閑が出来ました」

「なるほど、それは良かった。で〝ご一行〟は、いつのご到着になりますかな」

「到着の正確な日時は分かりませんが、すでに敦賀《つるが》から日本海を北上しておられるようです」

おそらく鎮撫使の一行は、箱館奉行所の〝反乱〟をなお恐れ、まずは松前に到着するだろう、と杉浦は見ていた。

「まあ、月末までには引き渡しが終わりましょう」

「実に有り難いことじゃ。奉行所が留まって目を光らせてくれるおかげで、賽銭《さいせん》泥棒もおらんですわ。しかし引き渡しが完了すれば、すぐ引き揚げということになりますかね？」

「いや、それはどうですか。事務引き継ぎがあるだろうし、北蝦夷や石狩、小樽内《おたるない》からの引き揚げを待ち、百人近い人間を運ぶ船を調達するとなると、準備に一か月近くかかるかと……」

「しかし寂しくなりますな」

なかなか本題を切り出さないので、幸四郎はさりげなく言った。

「……例の渋田《しぶた》家の墓のことで何か？」

この寺には、陸軍総裁勝海舟と親交のあった、渋田利右衛門《りえもん》の墓がある。堀織部正《ほりおりべのしょう》が奉行だった頃の豪商『渋田屋』の四代目で、店は弁天町にあった。

かれが江戸に出張の折、苦学中の勝と知り合い、四十三で死ぬまで金銭の援助を続けたという。愛書家で、集めた蔵書三万冊。それは〝渋田文庫〟として一般に開放されてきた。

その後、渋田屋は没落したが、最近になって勝海舟の肝入りで、この蔵書を奉行所が買い取ることとなり、今は奉行所の奥に保存されているのだった。

住職の用事とは、おそらくこの渋田家に関することだろうと、幸四郎は予想してき

「ああ、墓については、勝先生から有り難いお言葉を賜っとります。この町に何が起ころうとも、末代まで大切にお世話せよ……。そう言われたと、住職は詠《うた》うように言って一人頷いて見せる。

「ただし今日お呼びしたのは、そのことじゃありません。実はある檀家から、頼まれましてね。奉行所の支倉どのが寺に来られることがあったら、挨拶させてほしいと。それに少々相談ごともあるようだし……」

言いかけた時、隣室との境の襖が突然するすると開いた。

そこに一人の女が、畳に手をついてつつましく座っている。艶やかな髪を既婚らしく丸髷に結い、藍色の地味な小紋に黒繻子《くろじゅす》の帯を締めた、ほっそりと華奢《きゃしゃ》な女だ。

幸四郎はにわかに鼓動が激しくなるのを感じた。

（まさか……）

「はっはっは、こちらがそのお郁《おかみ》さん。よう知っとられますな。以前は蒲原家のお嬢さん、今は美濃の陶商秦野《はたの》家の内儀ですわ」

「……お久しぶりでございます」

郁は恥ずかしそうに顔を上げ、言葉もなく凝視する幸四郎を見た。

（これが、あの郁か？）

なりふり構わず馬を乗りこなしていたあのお転婆《てんば》娘が、唇に紅をさし、歯を薄くお歯黒で染め、頬に白粉《おしろい》をはたいている。その下から女らしさが、匂いたつようだ。

だがふくよかだった頬はほっそりとして、大きな目ばかりが目立つ。

「こ、これは……」

かれは半信半疑で腰を浮かせ、頭を下げる。

「突然、驚かせて申し訳ございません。奉行所まで一人で参る勇気がなくて、和尚様におすがりしてしまいました」

郁は赤らめた顔を上げ、眩しげに住職を見て微笑んだ。

「いや、お布施もどっさり頂戴したことだし、はっはっは……、わしも戎服姿の支倉どのに一度拝謁したかったんでな」

住職は色艶のいい頬を揺すって笑った。

「内儀、そんな所に畏まっておらんで、こちらへお入り。襖が開いているだけで寒々しいわ」

しとやかな身のこなしで、座敷に躙《にじ》り入って襖を閉め、火鉢のそばまで来る郁を見て、にわかに住職は表情を引き締めた。

「お郁さんは、家出した弟御を探して美濃を出て来られたのです」

「ほう？」

内心ヒヤリとし、眉と眉がくっつきそうな若者の顔が思い浮かんだ。家出した弟とは、あの菊蔵のことか？

「しかし弟御には会えず、諦めて帰ろうとしていたところへ、とんでもない報せが入った……とそういうことだったの？」

「はい……」

「まあ、詳細はご本人から聞きなさるとして、何か力になってやっていただきたい」

「ああ、もちろんです、出来るだけのことはします」

思わず力《りき》んだその言葉に住職は笑いだした。

「いや、支倉どのは別だが、最近のお役人は保身ばかりで、何を頼んでもらちがあかんのでな、はっはっは……。それにわしはお郁さんのことを、亡父どのから頼まれておるのです」

と柔らかく言って、腰を上げた。

「さて、わしはこれから法事があるんで、後はよしなに頼みます。まあ、遠慮なくゆるりとなされ」

住職は二人に挨拶して、あたふたと座敷を出た。

巨体が廊下を踏む重い足音が遠ざかると、二人はどちらからともなく目を見合わせた。幸四郎は住職の粋な計らいが迷惑だった。何だか、孤島に二人だけ取り残されたような心細い気分であり、一度も会わなかった空白の歳月が、波のように押し寄せてきて二人を包んだ。

辺りは静寂に満ち、庭に面した障子には午後の光が白々と注いでおり、木々の葉末で小鳥のさえずりが聞こえてくる。

二

「……郁はまず、幸四郎様に謝らなくてはいけません」

火鉢のそばで幸四郎に向きあった郁は、いきなり畳に手をついた。

「えっ？　何ごとですか、また」

驚きのあまり頓狂な声を発した。それが気詰まりな空気を破り、固まっていた感情を解きほぐした。

「謝らなくてはならないのはこちらです。兄上彦次郎どのを、無事に連れて戻れなかったことを、お許しいただきたい」

「まあ、何を仰せられます。あれは天命でございましょう。父も私も、そう思っておりました。どうかお手をお上げくださいまし。私が申し上げたいのは、長いこと、手紙ひとつ届けられなかったことでございます。いろいろお世話になりながら、ご無礼申しました。いえ、わたしはこれまで、手紙を何通か差し上げたのですが、一度もお返事がないのを不審に思って、手紙を託した義弟の菊蔵に問い詰めました。するとすべて捨てていたと……。驚いてきつく叱ったら、家を出てしまったのです」

「はあ、なるほど」

「もう三か月も帰りません」

　ところが商旅から帰ったばかりの遠縁の商人がいて、その菊蔵を、箱館で見かけたと言う。菊蔵は良からぬ浪士ふうとつるんでいたと聞いて、連れ戻すために、一月《ひとつき》ほど前に来たのだった。

「秦野は、放っておけと申します。もう一人前の男なのだと。ですが四人兄弟の末っ子で、まだ十八です。実の弟のように思ってきたし、私が叱ったのが原因だから放っておけなくて……」

「なるほど」

　幸四郎は、いつか自宅まで押し入った菊蔵を思い浮かべながら頷いたが、あの話は、胸に納めておくことにする。

「いや、考えようでは、読まなくて良かったのかもしれませんよ」

「また、そんな……」

　郁の顔に昔ながらの笑みが滲んだ。

「で、弟御について、何か分かったのですか？」

「はい、石狩から帰ったうちの船が、弟の消息を持ってきたのです」

「うちの船……というと？」

「『長吉《ちょうきち》』の持ち船でございます」

『長吉』の陶磁器といえば、呉須の美しさで有名だったが、郁がそこに嫁いだとは、不覚にも今の今まで知らなかった。

　秦野家は美濃岩村《いわむら》藩の陶工の一族で、その嫡男が代々〝長吉〟を継ぎ、製造と販売を広く手がけている、と郁は説明した。

　先代長吉と郁の父は幼馴染みで、娘の郁を幼いうちから長吉の息子と婚約させ、嫁がせたのである。息子は郁を嫁にもらった年に〝長吉〟を継ぎ、現在三十になる腕のいい陶工だった。父親が岩村藩の藩士の株を買っていたから、無役ながら岩村藩士でもあるという。

（そういうことだったか……）

ようやく謎が解けた思いである。

郁は伝統ある陶工の家に嫁ぎ、今は富裕な陶商の内儀なのだ。女の身でこうして美濃から出てこられるのも、大千軒岳への往復も、婚家の持ち船を使えたからだ。

郁はふと案じ顔になって言った。

「あの、まだ北から、何の情報もないのでしょうか？」

「北からとは……何の話ですか、何かあったのですか？」

「小樽内の御用所を、暴徒が襲ったと」

「何と！」

思わず荒い声が出た。小樽内はニシン漁などで開け、賭場や色町の賑やかな、箱館に次ぐ港町だった。その役所には定役と同心が三人ずつ、その下に見習い、足軽、大工などが七人ばかりいる。

かれらは杉浦奉行の采配で、市中警衛のためまだ常駐していた。

「それはいつのことです？」

「閏四月四日と聞きましたが、詳しいことは分かりません。ただすぐに収まったそうで、召し捕られた暴徒の中に、菊蔵がいたというのです。捕まった賊は箱館送りになるのでしょう？　その中に弟がいるかどうか、どんな刑になるのか、知る手だてはございませんか？」

「うーん」

かれは唸り、思わず腕組みした。

まずは、詳しい状況を聞かないことには……。

「小樽内からの飛脚は、六、七日かかります。四日に事件が起こったのなら、追っつけ御用状が届きましょう。今はそれを待つしかないが、〝長吉丸〟はずいぶん早かったんですね」

「ああ、私を箱館で降ろし、それから石狩まで参ったのです」

船は美濃の陶器ばかりか、美濃特産の酒や和紙や鮎の干物なども積んで、松前、江差などで売っていく。石狩で海産物を買い込んで箱館に戻り、郁を拾って帰途につく予定だったという。

「その石狩で思いがけず菊蔵の消息を摑んで、帰る途中に小樽内に寄って、捕縛されたと知らされたのだと……」

「なるほど。その通りであれば、箱館送りとなるでしょう。ただし下手人は、奉行所でなく新政府の支配下に置かれます」

「ああ、そうでしたね」

郁は眩しげに幸四郎を見て言った。

「こんな難しい時に申し訳ございません」

「いや……」

自分を頼ってくれて嬉しく思う、と言いたかったが、言葉を呑み込んだ。気がつくと、障子に差す日はもう翳《かげ》っていた。

「まあ、もう日暮れが近うございますね。私、これから墓に参るつもりですが、ご迷惑でなければご一緒しませんか、続きの話は歩きながら……」

「いいですね。墓には帰りに寄るつもりでした」

とかれは立ち上がった。

黙々と千愚斎の墓に線香を立て、手を合わせてから、郁を誘って横の細い坂道を登り、小高い場所に出てみた。

ここからは、箱館湾が目の下に見える。湾には入港している商船は少なく、外国の軍艦ばかりが目立った。

「箱館はずいぶん変わりましたね」

並んで湾を見はるかしながら、郁が呟いた。

「これからもっと変わります。新政府の支配となったら、蝦夷はどんどん開けるでしょう。幕府は蝦夷を活用し損なったのです」

幸四郎は遠くに目を向けて言う。箱館はさらに発展するだろうが、残念なのはその中に自分の姿はないことだ。

「ああ、宿の名前を教えてくれますか。弟御について何か分かったら、連絡しますから」

「今日は弁天町に泊まりますが、明日からは湯川の『松倉《まつくら》』という温泉宿に変わります。そこは兄のいた窯場に近いので、何かと都合がいいのです」

彦次郎の開いた窯場が湯川の高台にあり、そこにはかれの住んだ家が、そのまま残っているという。共同で陶器を焼いていた仲間は離散してしまったが、父の遺した金で窯場を整備し、いつか皆を呼び集めたい……。

そう語る郁の顔に、ほんの少し翳りが見えた。辺りにはもう薄闇が漂っていたが、郁が健康を害しているように、ふと幸四郎は感じた。

「郁どの、少し痩せられたのでは？」

「ええ、船旅で少し痩せました。……そろそろ下りましょうか」

言って空を仰いだ。夕焼け空をカラスが騒がしく群れをなし、山に帰っていく。

「墓地は夕方が早いですね」

と幸四郎は呟き、先に立った。木の根が露出している坂道で、一度だけ郁に手を貸したが、そのしっとりした柔らかい感触が、いつまでもかれの掌に残った。

境内に出ると、郁の用人らしい下男が遠い庫裏の玄関に佇んで、こちらを見ている。

幸四郎は区切りよく、きっぱりと言った。

「ではここで失礼します」

郁は頷いて、深々と頭を下げた。

「今日は、お会いできて嬉しゅうございました」

顔を上げた時、その大きな目に涙が盛り上がっていた。

三

五日後の十四日、石狩詰調役から急便が届いた。

小樽内の漁民博徒らが、幕府からの借用米の帳消しと新税の免除を掲げて、一揆《いっき》を起こしたという。

しかしその内実は、どうやら博徒が漁民を煽《あお》ったもので、札幌の浪人二人を助っ人に頼み、奉行所の御用金の強奪を謀《はか》ったものらしい。ただ総勢二十五名が、信香《のぶか》町の役所になだれ込んだ時は、六、七百人に膨れ上がっていたという。

だが役所側も奮闘し、真っ先に乱入してきた浪人一人を斬り、親玉の権平《ごんべい》の足に銃弾を撃ち込んだ。被害として、金庫にあった御用金百五十両と、ゲベール銃四丁などを強奪された。

役人らは、アイヌ青年を急使として石狩役所に通報。驚いた石狩役所はただちに所内の剣士を二十数名揃えて討伐隊を組み、七日朝には小樽内に乗り込んで、一気に騒ぎを鎮圧した。

この時、首謀者二人を召し捕り、順次箱館に押送《おうそう》する所存……とあった。

幸四郎はその要点を書き写し、その日の夕方には与一に湯川『松倉』に届けさせたのである。

応対に出てきたのはトシと名乗る中年の女中で、内儀の郁は眩暈《めまい》の発作を起こして寝込んでいる、と告げたという。

奉行所には出入り商人や訪問客が減って、障子の張り替えや、奉行詰所の畳の表替えの業者が、入れ替わり入っていた。

役人らは何かにつけて集まっては、身の振り方を相談し合った。今のところ役職は引き揚げる方針だが、定役以下の多くはその去就を決めかねていた。江戸に帰っても職はないのである。

仕事を望む者、収入を望む者は、なるべく残って引き続き奉職するよう、杉浦は勧めていた。敵だからといって恐れる必要はない、新政府は今まで以上の人手《ひとで》を要するはずで、実務に熟練した吏員の残留は、大いに喜んで迎えられるだろうと。

答えは、引き渡し終了までにじっくり考えてほしいという。

早くから残留を希望した者に、英語オランダ語の通詞堀達之助《ほりたつのすけ》がいた。ペリー来航時に主席通詞として活躍した輝かしい経歴があり、また日本初の英語辞書を編纂《へんさん》した超大物である。

ただ幸四郎には、小出奉行下の忘れ得ぬ光景があった。

アイヌ墳墓盗掘事件で通詞に抜擢されたが、その時すでに四十二歳。小出とイギリス領事ワイスとの激しい応酬で、そのロンドン英語の巻き舌を聞き取れず、小出は一回で若い通詞と差し替えてしまった。その後の堀の鬱々たる様子は、今も忘れられない。

土地っ子の福士卯之吉は、もちろん残留し、新政府に奉職する。公務のかたわら、ブラキストンの通訳兼助手として励み、気象学をさらに本格的なものにしたいという野心に燃えていた。

「来た、来た……」

沿道の黒山の人だかりの中を、子どもが叫びながら走っていく。

風の強い日で、一陣の風が吹き抜けるともうもうと土埃が舞い上がる。その土には乾いた馬糞が混じっていて目や鼻をふさぎ、馬糞風と人々は呼んだ。

そんな中をモッコを担いだ一団が町に入ってきた。モッコに乗せられているのは、顔に疵《きず》のある獰猛《どうもう》な面構えの男で、足に大きな包帯が巻かれていた。

「疵金《きずきん》権平、日本イチッ！」

という声に、人だかりの中にいた幸四郎はそちらを見やった。

叫んだのは頰髭を生やした博徒らしい男で、小樽内の親分が来ると聞きつけて見に来たらしい。疵金とは、疵の入った小判のこと。権平は顔に疵があるので、仲間うちでそう呼ばれていると聞いている。

総督の来港もそろそろと囁かれるこの日、ひと足先に小樽内騒動の首謀者権平が箱館入りしたのである。

モッコが揺れるたび傷が痛むらしく、痛みに耐えるように頬を歪めていた。小樽内からの道筋は、余市、岩内、雷電山を越え、長万部《おしやまんべ》、森と海沿いに進み、鷲ノ木から内陸に入って、山中の街道を南下し、亀田から市中に入った。

この亀田で幸四郎は行列を見物し、菊蔵ではないことを確かめて、安心して奉行所に戻った。

獄舎はここから遠く、亀田川支流の願乗寺川河口近くにある。

幸四郎はあらかじめ担当役人に、二、三の質問を頼んでおいたが、報告によると、権平は黙秘して何も喋らないという。

考えたすえ、『柳川』亭主熊吉に会い、折り入って最後の頼みごとをしようと、心に決めた。この蝦夷で、熊吉を知らぬ博徒はいないのである。

四

雑務に追われていた幸四郎は、ようやく身辺を整理した。用人の多くには、すでに次の働き口を探して暇を出している。

磯六は蝦夷の薬草をさらに学びたいとの希望から、懇意にしてきた大町の薬種問屋で働くことを決めている。

ウメには、近くの接骨院に賄いの口を見つけてやり、近々に移ることになっている。

結局、与一だけを連れて江戸に帰ることにし、早々に〝帰府願〟を出した。

奉行所の大掃除を終えて、一風呂浴びようと早めに帰宅すると、柳川熊吉からの封書が届いていた。

それを一読した幸四郎は、磯六に馬を用意するよう命じた。

「お食事は……」

の問いに返事もせず、すぐさま部屋に入って筆を取り、短い書状を認《したた》めた。それから湯殿で湯を浴びて大掃除の埃を落とし、洗いたてのさっぱりした小袖と乗馬用のたっつけ袴に着替えて、小雨のぱらつく中を単身で駈けだしたのである。

熊吉からの返事に、気分が高揚していた。

熊吉は幸四郎の依頼を快諾し、昨日一人で獄舎を訪ねたのだ。

支倉幸四郎の名を出すと、牢の鍵は開けられた。ふてぶてしくだんまりを決め込んでいた疵金権平は、思いもよらぬ大親分の〝見舞い〟に、声を上げて泣いたという。

質問には正直に答えた。美濃衆の菊蔵は、確かに決行前夜に浪人どもと小樽内の賭場に現れたが、襲撃には加わらなかったと——。

幸四郎は一刻も早く、その吉報を郁に伝えたかった。手紙を渡すだけでいい、それを読んでくれさえすればいい。それだけで郁の病は治るのである。

湯川の『松倉』までは、馬で行けばさして時間はかからない。

夕闇の中に軒提灯の灯りが浮き上がる時刻、かれは松倉川河口の旅館に着いた。

玄関で年配の女将を呼んでもらい、湯治客の秦野郁に届けるよう封書を渡した。返事を頂きますか、と訊かれ、その必要はないと言い置いて、旅館を出た。

外に出ると、暗い夜空を仰いだ。

小雨は止んでいて、雲が動いている。雨上がりの湿った空気に、海の匂い木々の匂いが溶けて、新鮮だった。かれは胸いっぱいに夜気を吸い込み、久しぶりに心が弾んだ。

郁が自分を頼ってくれたこと、何とかお役に立てたことが、喩《たと》えようもなく嬉しかった。これまで郁に喜ばすことを一つもしていない。それどころか、自分があの一家に近づきさえしなければ、郁は兄を失うこともなかったのだ。

かれは庭木に繋いでおいた馬を放し、馬上の人となった。

帰りは急ぐこともない。軽く手綱をとり、ゆっくり諾足《だくあし》で宵闇の中を進んだ。雲の間に月が見え隠れし、目の前の道筋は見えた。

湯川から亀田に抜ける丘陵の、黒々とした林に入った時、ふと背後から馬の蹄《ひづめ》の音が聞こえたように思った。

不意に耳に蘇ったのは、三年前、一本桜の蒲原旅館を初めて訪ねての帰り道、背後から追ってきた蹄の音である。山道を馬で追いかけてきたのは、郁だった。

今、空耳かと思い林を出た所で振り返ると、黒々した林の夜闇の奥から馬が抜け出て来るのが見えた。

「待ってください！」

叫んで馬を並ばせ、息を弾ませて郁は怒ったように言った。

「一言お礼も言わせてくれず、黙ってお帰りになるなんて！」

「ああ、病人が馬なんぞに乗ってはいけません」

驚いて幸四郎は言った。

「呼びだしてはお体に障ると思ったので……」

「ほら、あなた様はいつもそうなのです。何も分かっていらっしゃらない……」

声が震え、言いかけた言葉が途切れた。

そうではない、と言わなければならない。お役に立てたからといって、あまり馴れ馴れしい振る舞いをしたくなかっただけだ。だが、お互い馬上では話も出来ない。

幸四郎は無言で馬を下りた。そばの木に馬をつなぎ、まだ馬上で迷っているような郁に手を差し伸べると、身をもたせかけてきた。

両手で抱き抱えるようにして下ろした時、月明かりに、洗い髪を一つに束ね、浴衣に無造作に袴をつけている姿が見分けられた。

あの時の懐かしい郁の姿が、また瞼に浮かんだ。山道を息弾ませて追いかけて来た郁は、まだ瑞々《みずみず》しい少女で、人妻ではなかった。

あの時は触れ得なかった郁は今、湯上がりらしく手も身体もしっとり湿っていて、いい匂いを放っている。にわかに甘酸っぱい思いがこみ上げてきて、かれは我を忘れ、その体を抱きしめていた。

頬を埋めたうなじは柔らかく、温かく、仄《ほの》かに馴染み深い匂いがした。そう、母が風呂上がりにいつも振りかけていた、甘いへちま水の匂いに似ている。

郁は暗い中で身体を震わせ、胸にすがりついてきた。

「……弟のことは、ほんとに感謝しています。あの子だけが、すべてを知っていたんですもの」

「すべてとは?」

「わたしの心がずっと箱館にあること……」

　箱館を発つ前、役宅を訪ねてきた時、そうしたことを訴えたかったのだろうか。あの時、自分が留守をしていなかったら……もし郁と会えていたら、二人の運命は変わっていたのかもしれない。

　そう思うと熱くなって、思わず唇を押しつけていた。

　しばし、ゆるやかにうねる暗い丘陵の只中《ただなか》にいることを忘れた。どこからか花の香りが漂い、木の間にフクロウの鳴き声がした。

　周囲の闇を吸って二人は一つの濃い影になって動かなかったが、馬の蹄の音に我に返った。はっとしてそちらに目を向けると、繋ぎ忘れた郁の馬が、旅館とは逆方向にゆっくり走り始めている。

「ああ、あれは旅館の馬です！」

　郁が言った。慌てて身体を放した時はもう馬は見えなくなっていた。かれは自分の馬に飛び乗り、郁を後ろに乗せて馬を追った。

　馬は少し先の農家の前で捕まえ、二人はそれぞれの馬に戻った。

「さあ、郁どの、宿まで送ります。湯冷めしないうちに早く帰らないと」

「幸四郎様は、いつ箱館を発たれるのですか？」

轡《くつわ》を並べて馬を進めながら、郁が訊いた。

「来月の、半ばを過ぎるでしょう。それより郁どのこそ、まだ弟御を探すのですか」

「いえ、もういいのです。昔から、父のような金山師になりたいと申していたから、きっとそうなってくれるでしょう。ただわたし、もう少しここで湯治を続けようかと思います。たぶん……幸四郎様がいらっしゃる間ぐらいは……」

「身体を治すのはいいが、家の方は大丈夫ですか」

幸四郎が思わず言うと、郁は何を思ったか、やおら馬の腹を蹴って走りだした。かれは諾足で、遅れがちにその後に続く。

旅館に着いた時は、すでに馬から下りた郁が、手を軽く振って庭に入って行くところだった。

帰路、まだ鼻先に漂う甘い残り香を楽しみながら、なぜ郁は急に怒りだしたのかと考えた。しょせん自分には女心は分からないと思いつつ、一つのことだけは了解していた。菊蔵を案じる郁の気持ちに偽りはないが、〝弟探し〟は、箱館まで来るための格好な口実だったのだと。

五

二十五日夜、床《とこ》に就いた幸四郎はすぐ浅い眠りを起こされた。

奉行所からの緊急のお達しである。

「引き渡しが、明朝四つ（十時）から行われることになった。明日は五つ（八時）前には出仕せよ」

今夕、清水谷総督の使者が、江差より陸路で箱館に到着。明朝にも杉浦兵庫頭と対面して引き渡しの諸事を取り行いたい、と伝えてきたという。

それをもって〝箱館奉行所〟は閉門になる。

清水谷一行は、杉浦の予想したように箱館港を避け、江差に寄港した。使者だけがまず上陸し、江差山道を通って、箱館に入ったのである。

覚悟はしていたものの、身の引き締まる思いがした。磯六と与一にそのむね伝え再び床に就いたが、胸に去来するものがあってなかなか寝付けなかった。

翌二十六日は晴れ。

いつもより一刻以上も早く役所に入ったが、詰所にはすでにほぼ皆の顔が揃っていて、最後の〝おはようございます〟の挨拶を、張りつめた面持ちで交わした。

とうに役宅を引き払っている杉浦も、きっかり五つに出仕した。

皆の成すべきは、すでに畳替え、障子の張り替え、掃除などを終えた庁舎から、引き渡し帳にはない不用品や私物を取り片付け、塵ひとつなくすることである。

やがて杉浦が順次各詰所を見回り、引き渡しの準備を完了した。

がらんとして、石鹼液の匂うような庁舎に、一同は息を潜めるようにして座していた。

四つ（十時）過ぎ、新政府の官吏と、裁判所の権判事なる小野淳輔《おのじゆんすけ》が来庁した時は、羽織袴に大小をさした同心、与力が玄関前に左右に分かれて居並び、神妙に出迎えた。

広間には定役以上の役職が、羽織袴で列座した。

杉浦は、表座敷壱ノ間にて対面を果たした。

この小野淳輔とは旧姓高松太郎《たかまつたろう》（坂本直）で、坂本龍馬の甥であり、目付時代の杉浦をよく目にしたという気さくな人物だった。そんな親しい雑談から始まり、和気あいあいのうちに引き渡しは完了したのである。

午後、ドーンドーンと太鼓櫓《やぐら》で打つ退庁太鼓の鳴り響く中、奉行所一同は、杉浦兵庫頭に従って静かに庁舎を出た。

五稜郭の三つの御門をかためていた番士も、幕府歩兵から松前、津軽、南部諸藩の藩士に交代した。

箱館奉行所は、安政《あんせい》元年に箱館山麓に再開されて以来、五人の優れた奉行を迎え、ほぼ十四年にわたって北の拠点であり続けたが、これをもって役目を了《お》えたのである。

清水谷総督はすでに入港して称名寺《しようみようじ》で休息しており、旧幕残党の襲撃を恐れてか、夜闇を待って五稜郭に入った。


「諸君、すべてが終わった」

高揚した声で杉浦が言い放った。

翌二十七日の夕方だった。

かれはこの日の午後遅く、今は〝裁判所〟となった五稜郭庁舎に出向き、表座敷壱ノ間で、総督と対面したのである。

ほぼ半刻ほどで儀式は滞《とどこお》りなく終わり、早々に退散。数日前から移っている宿舎に戻ると、そこにはあらかじめ招いていた組頭、調役ら十数名が詰めかけていた。

杉浦は着用していた正装を着慣れた羽織袴に着替え、広間にコの字型に座っている一同に、向き合ったのである。

「めでたいとは言い難いが、江戸城に続いて、わが〝箱館城〟がぶじ無血開城されたのは、すべて諸君のおかげである。見事な退城だった。杉浦誠、篤《あつ》く礼を申したい。大儀《たいぎ》であった！」

杉浦は両手をついて頭を下げた。

期せずして拍手が沸き起こった。静かな拍手だったが、なかなか鳴り止まなかった。手を叩きながら、皆泣いていた。杉浦も泣いていた。

すべてが終わり、これですべてが無に帰したのである。

鳥羽伏見戦で幕府の負けが決定的になってから、それまでのあらゆる権威が地に墜ちた。慶喜は朝敵となり、幕軍は賊軍と言われ、幕臣は逆賊と罵られた。今後は帰るべき場所すらおぼつかなく、多くの幕臣が路頭に迷うことになるだろう。

今、少しなりとも気持ちの拠《よ》り所があるとすれば、徳川武士の意地を貫いて職務を全うしたこと、それだけだった。その矜持《きょうじ》が、もしかしたら、今後を生きる心の支えになるかもしれない。

杉浦は一同にここ数か月の労苦をねぎらってから、今日の次第を次のように報告した。

かれは午後、久しぶりに〝熨斗目《のしめ》麻上下《あさかみしも》〟の礼装に身を固め、五稜郭を訪れた。今日は表玄関で取次の者に名刺を渡して、表座敷三ノ間に通されたという。

表座敷は、玄関を入ってすぐ奥に向かって並ぶ四つの広間のことで、襖をすべて開けると、七十二畳の大広間となる。

その手前から二つめの三ノ間でしばらく待たされるうち、遠くに見える壱ノ間に総督とおぼしき人物がゆっくり入った。

一段高い畳、つまりこれまで奉行が客人と対座した時の席に、〝赤《あか》地錦《じにしき》直衣《のうし》引《びき》、立《たて》烏帽子《えぼし》〟の清水谷総督が座ったのだ。

近習に導かれて杉浦は、左右に羽織袴の家来が列座する二ノ間をしずしずと通って、壱ノ間の敷居内に入った。そこに座してから、腰の刀を外して脇に置き、お辞儀をしたのである。

総督からはねんごろなお達しがあり、金穀《きんこく》武器を神妙に引き渡し、恭順の姿勢で引き継ぎを終えたことに、賞賛のお言葉を頂戴した。

この次第は朝廷に言上する上、今日まで踏み留まり職務を続けた上下一同には報償を与えること、また引き続いて奉職を希望する者はそのまま採用するむね、確約したという。

これには一同頭を下げたものの、複雑な空気が流れた。

すでに暇乞いして江戸に帰ってしまった者がいる。その一方で、恭順を嫌い、黙っていつの間にか姿を消した者がいた。

また江戸に出張したきり、杉浦を裏切って戻らなかった荒木組頭。

早くこの地を去りたくてうずうずし、帰らしてほしいと泣きついて帰府を許されたが、結局は最後まで居続けた山村と中沢の両組頭。

そんなさまざまな引き際を見せつけられ、誰もが心中、素直には喜べぬ屈託《くったく》を抱えていたのである。

「しかし、内地では今も戦が続いており、新政府軍の猛攻撃に東北諸藩は苦戦しておるらしい……」

杉浦は、いつもより多弁だった。

「そして我々には、まだ事務引き継ぎが残っておる。これが思いのほか難物だ。我々のして来た仕事は、一朝一夕で覚えられる類いのものではないということだ。諸君は帰心矢のごとしであろうが、向こうが馴れるまで、しばらく指導してほしいとの要望が来ておる。この期《ご》に及んで申し難いが、帰府願を出している者も、当分は足止めになりそうだ」

ざわめきが起こった。

顔を見合って頷き合う者もいた。

支配地はカラフト、千島まで及んで広く、また東北諸藩の知行地が複雑に入り組んでいる。いかに困難な業務を長年続けてきたか、と今にして思うのだった。

とはいえ幸四郎は、杉浦の言葉に密かな喜びを感じていた。

数日前、湯川から大森浜まで続く美しい砂浜を、郁と歩いた光景が思い出される。海浜の土手には、一面に濃紅色のハマナスが咲き乱れていたっけ。郁は下駄を脱いで素足になり、着物の裾をまくり上げて波とたわむれた。白い砂浜にしゃがみ、華奢な指で貝殻を拾い集めたりもした。

そんな姿に魂を奪われていた。

自分はまだこの地を離れられない、とかれは改めて思う。

「役々の去就、新しい地位などについては相談に応じたい」

と杉浦は言い、その辺の事情についていろいろ説明した。

話が一段落したところで、口調を改めた。

「さて、ここに一つ吉報がある。いや、まだ確定したことではなく、伝えるのは時期早尚ではあるが、私も生涯に一度だけは機密漏洩を許してもらいたい」

前置きが長過ぎる……との茶々に、かれは初めて破顔した。

「田安亀之助《たやすかめのすけ》様の、徳川家相続が認められそうだ」

ワッと声が上がり、拍手が起こった。

「亀之助様はまだ六歳の御幼君におわすが、今後、駿府城主となられて徳川七十万石を相続なされよう」

七十万石……？

拍手がまばらになり、止んだ。旗本八万騎、その家族も含めれば三十万人を抱える徳川には、いかにも少ない。これまで七百万石はあったのだから、十分の一に減ったことになる。

しかし今の徳川家臣にとって、お家存続ほどめでたい吉報はないのだ。ともあれ徳川の名を存続し、全国に散った徳川家臣の拠点となってほしかった。

高木がいかつい眉を震わせ、再び手を打って拍手を巻き起こす。

「しかし、薩摩がよくぞ認めましたな」

「ふむ、それについては諸説ある。薩長はもちろん取り潰しを主張したが、どうやら三条実美《さんじようさねとみ》様のご尽力があったようだ。それと、海軍が、軍艦を半分ほど引き渡したそうだ」

海軍副総裁の榎本は、新政府からの艦隊引き渡しの要請を拒否し続けていたという。だが勝海舟の説得もあり、徳川家存続を見届けて四隻を引き渡した。

「万一の場合は、大砲を江戸に向けぶっ放す覚悟だったとも……。真相は分からんが、まあ、様々な駆け引きがあったのは確かだろう。ともあれ海軍はまだ降参していないのだ」

杉浦の説明に皆は驚き、それにつけても良かったと口々に祝いの言葉を述べた。

「さあ、さっそく祝杯を挙げたい、幼い十六代様の前途と、諸君の武運を祈って、ささやかながら一献傾けようではないか」

ここで襖が開き、数人の女中たちが御膳と酒を運んできた。

「たいした用意も出来んが、酒は、総督閣下に引き渡さずに隠匿《いんとく》したものだ。存分に呑んでもらいたい」

六

「諸君、そのまま聞いてほしい」

宴たけなわになった時、前中央の席に戻った杉浦の、太い声が響いた。

「さて今後の予定だが、事務引き継ぎでしばし忙しくなる。その詳細については、組頭から指示があろう。私は、いよいよ帰旅の準備を始めるが、内地の状況がどうなってるか、最新の情報を伝えておこうと思う」

皆は静かになった。

「昨日入った報せでは、小栗上野介《おぐりこうずけのすけ》どのが討たれた」

おお、とどよめきが走った。

小栗上野介忠順《ただまさ》、四十二歳、幕府きっての切れ者だった。勘定奉行、陸軍奉行などを歴任し、横須賀製鉄所を興すなど目覚ましい活躍をしてきた。小出大和守を見込んで、勘定奉行に推挙したのも小栗である。

だがかれは主戦派の総帥《そうすい》であり、恭順を掲げる将軍とは相容れなかった。

主戦論で敗れ、あらゆる役職を罷免《ひめん》されたかれは、知行地の上野国《こうずけのくに》（群馬）権田《ごんた》村に引き揚げたが、そこで新政府軍に捕縛され、取調べもないまま河原で斬首された。

閏四月四日のことという。

訃報《ふほう》を聞く一同は、青ざめ、酔いも醒める面持ちだった。

「さらに鳥羽伏見戦を、勇敢に戦った新選組だが……」

敗走して下総流山《しもうさながれやま》に集結するも、四月二十五日、組長近藤勇が捕えられ、斬首されて、京で晒し首となった。

「江戸では、幕府残党が〝彰義隊《しょうぎたい》〟を結成したようだが、内乱の舞台は、今や東北に移っておる。新選組も、土方歳三によって再結成されたそうだ。今後は、海軍を牛耳《ぎゅうじ》る榎本どのの出方が注目されよう」

榎本は小栗に次ぐ主戦論者であり、海軍副総裁としてその名は轟いていた。しかしその榎本率いる艦隊が、津軽海峡を越えることがあろうとは、誰も想像しなかった。

戦はおそらく東北で決着する、というのが皆の暗黙の了解だった。

宴は、夜更けまで続いた。お開きになり幸四郎が夜闇の中に歩み出た時、頭上は満天の星で北斗七星が輝いていた。


それからほぼ一か月、杉浦は忙しい日々を過ごした。

まずは奉行所役人の身の振り方に心を砕き、話し合った結果、調役以下ほぼ全員が残ることになったのである。

その中には、幸四郎や、古河原らも含まれた。かれらは新政府に奉職するのではなく、一時的な引き継ぎ要員だった。

江戸に戻るのは、杉浦、中沢善司ら組頭全員、カラフト詰調役の最上徳内《もがみとくない》らと、その家族と用人だった。

つまり、奉行所の幹部だけが入れ替わった格好である。

ようやく杉浦は帰る準備に取りかかった。英国商船フィルヘートル号との間で相談がまとまり、乗船する総勢九十三人と馬一匹で、運賃は千両で折り合った。

次にかれは新政府側と交渉し、運賃のうち三百両を杉浦が、七百両を相手が持つ約束を取り付けるなど、精力的に動いたのである。

その人柄を慕って別れの挨拶に来訪する人々が後を絶たず、かれは一人一人に丁寧に応対して別れを惜しんだ。

六月二日午後、杉浦一行は、港に碇泊する船に乗り込んだ。

翌三日の早朝、フィルヘートル号は朝もやのたなびく空にユニオン・ジャックを翻し、晴れ渡った箱館港を出帆した。

幸四郎ら残留組は、運上所の桟橋に並んで、沖合をゆっくり進む船を見送った。引き継ぎを命じられた調役や定役の他に、残留希望の堀達之助、卯之吉らの姿もあった。

また近くの岸壁には、〝最後の奉行〟を見送るために駆けつけた町の人々が、どこまでも途切れず並んで小旗を振っていた。

杉浦は、甲板に出ていると思われた。

箱館丸で入港して二年、治外法権下のこの北の地で、外交も治政も苦闘の連続だった。今、どんな思いでこの見送りの様や、こんもりと緑に色づいた臥牛山麓の町を眺めていることだろう。

幸四郎は、小出前奉行の時の、凧を挙げるなど稚気に満ちた見送りを思い出していた。今回にそんな余裕はない。また相見《あいまみ》えることがあろうか、との不安な思いに皆の顔は張りつめていた。

唯一のよすがは、杉浦が皆の胸に届けた言葉だけだ。

「わしは駿府におる。何か困ったことがあれば、いつでも訪ねて来い」

きっといつか訪ねて行こう。この忘れ得ぬ奉行所の日々を、酒を汲みかわして語りたい。

そう幸四郎は思う。ただしこのご時勢だ、ちゃんと生き長らえて江戸に帰れたらの話である。そう思うとたまらない気がした。

かれは思わず叫んだ。

「おやじ殿、お達者で……！」

するとそれを耳にした周囲の者らが、期せずして復唱した。

「赤かぶ奉行、万歳！」

「赤かぶ奉行殿、万歳……！」

皆は何度も何度も繰り返し、船が港を出て見えなくなるまで手を振り続けた。

水平線にはもくもくと雲が湧き、夏が始まろうとしていた。

第六話　榎本艦隊北上す

一

八月も末の秋晴れの朝。

市中から亀田に向かう大通りは、黒山の人だかりだった。

ひんやりした海風が吹き抜け、秋陽がキラキラと眩しくふり注ぐ中を、異様な行列が進んでいく。

幟《のぼり》をたてた先払いの番人に、槍、刺又《さすまた》、捩《ねじ》り棒などを掲げた番人が数人続く。その後に四頭の馬が、それぞれ菰《こも》をかけた背に男を乗せ、ゆっくりと従っていくのである。

男らはそれぞれ後ろ手に縛られ、左右から番人に縄を取られて、動かないように固定されていた。

それが小樽内騒動の首謀者だった。皆きれいに髭をあたり髪も整え、清潔な囚人服を纏っているが、どの顔も歪んでいる。

四人はこれから死に赴くのである。本通り、海岸町、亀田村、万年橋と引き回された後、処刑場で斬首される運命だった。その首は塩漬けにされ、はるばる小樽内まで運ばれて、獄門《ごくもん》（晒し首）となる。胴体はこの近くの無縁塚に埋められるという。

声もなく見守る人々、何やら囁き交わす男たち、手を合わせて経を唱える老女……そんな見物人の中に、幸四郎もいた。

馬上の四人の中の一人は、わが運命を知らぬげに頭上でさえずる小鳥を見上げて笑っており、それは悟りの境地とも見えたが、気がふれているとも見えた。

（新政府もやっぱり幕府と同じだな）

というのが幸四郎の正直な感想だった。

平安の昔から続くこうした残虐な処刑が、政府が変わったといって、急に変わるはずもない。むしろ格好の見せしめとしてそれは為政者に受け継がれ、天下をまかり通って行く。

そしてこの処刑は人々の目に、何かしら不吉さを焼きつけずにはいない。これは何か恐ろしいことの前ぶれではないのかと。

それかあらぬか、九月に入って、妙な噂が人々の口の端にのぼるようになった。

「徳川脱走軍が、蝦夷に攻めてくる……」

幸四郎は念のためその真偽を新政府役人に確かめてみたが、

「いや、そげんこつは聞いちょらんです」

と、一笑に伏された。実際、幕軍にそんな余力はなく、ただの流言蜚語《りゅうげんひご》に過ぎないだろうと思われた。

五稜郭が〝箱館府〟と改称されて三か月。すでに奉行所時代を懐かしむ声が、町で囁かれ始めていた。

米は未だに入港せず、食料の欠乏はいっこうに改善されない。恐ろしく物価は高騰しており、人々はよりひどい生活苦に喘《あえ》いでいた。

さすがにおっとりした公家《くげ》の清水谷知事も、米の確保のため東北諸藩の門戸を叩きまくったという。

しかし京から辺土に天下《あまくだ》った箱館府は、住民に愛されなかった。

清水谷はまだ二十三歳。色白の好男子で、政《まつりごと》より色事を好み、夜な夜なのご乱行だと評判である。十二、三の少女を十二単衣《ひとえ》で着飾らせ、おそばに侍《はべ》らせていると
も、面白おかしく噂された。

同行してきた側近らも若い独身者が多く、競うように色里に通う風紀紊乱《びんらん》が、民心を離反させた。

呑み屋では薩長の兵士らの金銭騒動が絶えなかったし、それに加え新政府の強引さにも、怨嗟《えんさ》の声が市中に蔓延していた。

幸四郎らが寄宿していた早川正之進《はやかわしょうのしん》の家が、そのいい例だった。

白樺の木に囲まれたその宅地が、箱館府の役宅用に指定されたからと強制的に立ち退きを命じられたのだ。家を囲む美しい白樺の木も切られるという。

揉め事を恐れて早川は早々に代替地の大野村に引っ越し、幸四郎と磯六はツテを辿って、蓬萊町の小体《こてい》な町家に居を移した。

幸四郎は外国方として、引継ぎかたがた領事館関係の仕事を継続してきた。それも今月いっぱいの約束で、このまま箱館府に奉職する気はないか、と打診されたばかりである。

だがかれの心は決まっていた。

今の役所は自分のいるべき場とは思えない。

ただ流言蜚語に怯え、せっせとスルメや干し芋など保存食を蓄える人々を見るにつけ、何かしら忍び寄るものの気配を、かれは感じ始めていた。

このままでは終わりそうにない予感、何か避けられない破局が迫りつつあるような茫漠たる恐れ。そうした中途半端な、どこか宙に浮いているような気分が、つねに身辺に漂っていた。


その日、仕事を終えた幸四郎が郁のもとに顔を出すと、

「今日は遅いのですね」

と郁は華やいだ白い顔をわざとしかめて、怨じてみせた。

亀田から湯川まではさして遠からず、仕事が普通に終わる日は、帰りによく騎馬で立ち寄った。いつもは陽が傾く頃だったが、この日はもう闇がすっかり家を覆っていた。

「今日から元号が変わったんで、いろいろあってね」

と幸四郎は微笑した。それは本当である。

慶応から〝明治《めいじ》〟に改元されたのは、慶応四年九月八日のこと。木々の紅葉も深まる、寒い日だった。この年は四月が二回あったため、旧暦十月にあたる（新暦では十一月）。

だが遅くなったのは帰り道、やはり引き継ぎで残った元調役並の門馬八兵衛《もんまはちべえ》に声を

かけられ、近くの茶店に寄ったからだ。

　こうした旧幕残留組は、新政府側からあらぬ疑いがかからぬよう、目立つ酒席や談合は避けようと取り決めている。それを心得て、門馬は近くの神社境内の目立たぬ茶店に誘ったのだ。

「支倉様、えらいことが起こってます」

　外の縁台に並んで座り、茶と饅頭を注文すると、門馬は長い顔を突き出すようにして言った。

「江戸帰りの廻船の船頭から聞いたんですがね。二十日ほど前に、旧幕海軍が江戸を脱走したそうです」

「というと、榎本さんか」

「そうです、品川沖に浮かんでいた幕府自慢の軍艦『開陽《かいよう》』が、錨《いかり》を上げて突然走りだしたと……」

　海軍総裁の矢田堀《やたぼり》が、新政府軍との交渉で上陸している最中に、艦長榎本武揚が、開陽丸を乗っ取ったというのだ。三隻の軍艦、四隻の輸送船をも引き連れていったらしい。

　艦にはフランス帰りの御典医高松凌雲《たかまつりょううん》、お雇いフランス人ブリュネ大尉ら、多士《たし》済々《せいせい》の人物が乗り込んでいた。

艦隊は目下《もっか》、北に向かっており、目的地はたぶん仙台で、奥羽列藩同盟の支援にあたると思われる。その報に総督府は慌て、〝榎本が東北に上陸したら、構わず討ち取れ〟の通達を回し、厳戒態勢を敷いたという。

「……やるなあ、榎本さんは」

と幸四郎は正直な感想を口にした。その大胆さには心躍り、どこか胸がすく思いだった。

店主が湯気のたつ熱い茶を運んできて、それを啜りながらしばし黙した。

境内は冷え冷えとして、木々から音もなく葉が散り、一面に散り敷いた落ち葉が湿った匂いを放っている。

海軍副総裁の榎本武揚、天保《てんぽう》七年生まれの三十二歳。

その実像を幸四郎は知らないが、オランダ留学帰りの俊才としてその名は響いていた。西欧の機械技術、航海術など諸知識を吸収し、幕府がオランダに発注していた最新鋭艦『開陽』に乗って、意気揚々と帰国したのである。

だがそこに待っていたのは命運尽きた幕府だった。

一矢《いっし》も報《むく》いず恭順を唱える将軍、混乱して右往左往する幕閣を目《ま》のあたりにして、かれは徹底抗戦を主張した。

海軍は圧倒的な戦力を備えているのに、なぜ抵抗しないのか。敵は天朝《てんちょう》様を担ぎ出しているが、しょせん薩長が天下を乗っ取るための仕掛けにすぎぬ……と。

だが主戦論は敗れた。新政府は、江戸城明渡しと〝全軍艦の引き渡し〟を要求してきたが、榎本はこれを拒んで、江戸城明渡しの日、館山沖に艦隊を動かしたのである。勝海舟の説得で老艦四隻を引き渡したものの、なお主力の四隻は譲渡しないままだった。

その榎本の心意気には、幕臣として共感できた。

だが……。どうしても胸につかえるのは、この先行きを、どう読んでいるかということだ。時勢は変わった。もはや幕府では日本は治められぬ、それは明らかだった。諦め悪く内乱に明け暮れては、鵜《う》の目鷹の目の外国の餌食《えじき》になるだけではないか。

オランダ帰りの榎本には、それが見えていないのか。

幸四郎はそう危ぶまざるを得なかった。

ただ、品川沖を脱走したのが八月十九日と聞いて、一つ思い当たったことがある。

〝旧幕脱走軍が蝦夷に来る〟という噂は、このあたりから発したのであろうと。

だが、果たして榎本艦隊は蝦夷まで来る気なのか？

二

郁の運んできた盥《たらい》のぬる湯で足を洗い、湯殿で顔と手をざっと洗った。この季節、すでに居間には炬燵《こたつ》が出ていて、その上に酒の膳が用意されていた。

郁は、六月に入港する船で帰るはずだったのだが、何かしらの理由を並べて帰国を延ばしている。その理由とは、最初は体調不良のための湯治であり、体調が回復してからは、父と兄の思い出が詰まった湯川の窯場《かまば》〝蒲原〟の手入れであった。

七月に入ると温泉宿『松倉』を引き払って、高台に建つ古い家に移った。付き添っていたのは信頼出来る女中のトシと、古くから蒲原家で窯番をしていた末吉《すえきち》老人だった。末吉にここの窯を整備させ、再び陶器の里にしたいと言う。

しかしながら箱館滞在ももう半年近い。いつまでこの半端な状態を続けていられるのか、幸四郎は内心、気が気ではなかった。

最近は郁とは何でも言える親密な関係になっていて、そろそろ帰らなくていいのか、などと尋ねたことは何度かあった。だがどうしても訊けないことは、郁と夫との夫婦仲である。

「郁どの、早いものでもう九月に入った。蝦夷は冬が早い。寒さが身体に障《さわ》りはしないか」

酒がいい具合に回った頃合いに、言葉を選んで言ってみた。

郁は幸四郎の盃に酒を注ぎ足しながら、形のいい半月形の眉を少し吊り上げ、涼しく微笑した。

「だから？」

「いや……」

そう反問されると言葉に窮する。

「そろそろ帰れとおっしゃいますか」

「私の気持ちは分かっていよう。ただ心配だから申すのだ。この状態を長く続けて、後々つらいことになっては……」

「どうなろうとも、仕方ないと覚悟しております。これだけ我がままを通させていただいたのですから」

遠くを見据えるような郁の目は、どこか捨て身の強い意志が感じられた。

「しかし……」

「郁の気持ちも分かっていただきとうございます。わたしはあなた様に帰れと言われるのが心配で……心配のし過ぎで具合が悪くなったのです」

　幸四郎は盃を目前で止め、郁の顔を見つめた。

「しかし、郁どのには帰らなければならぬ所がある」

「おっしゃりたいことは分かるつもりです。ただ……わたしはまだ、当分帰りません。だって……」

　郁は、少しすねたように声を途切らせた。

「幸四郎様はいずれ、江戸にお帰りになりましょう。それまで……あなた様がここにおられる間だけは、どうかおそばにいさせてください」

「郁……」

「どうか心配なさらないで。正直申しますと、秦野に離縁されたいのです。いえ、あなた様のせいではなく、以前からお願いしていたことですから。わたしはこの蒲原で焼き物を焼きながら、父と兄を供養して暮らしたいと。ここをとても気に入っているのだし……兄は、この丘から、真向かいに箱館山が見えるのを喜んでいました。でも……父が生きていたらきっと、こんな身勝手な女房は手討ちだと申しましょう。わたし、身勝手なところが父に似てしまったのですね」

　言ってカラリと笑い、幸四郎の手から盃を奪って一口で呑み干した。その盃に手酌で酒を注ぎ、二杯めをあおろうとしたところを、かれが奪った。

「呑めない酒を呑むと、悪酔いする」

「わたしの心配はなさらないで。今さえ良ければ、何も後悔はしませんから」

奪い合う盃から酒が、郁の胸元にこぼれた。慌ててかれはそばの布巾《ふきん》で汚れを拭きとり、そのまま郁の柔らかい身体を引き寄せていた。

想いが通じたことに一時は有頂天になっていたが、我に返ってみると、自分の今の立場では、何も出来ないお先真っ暗な関係に過ぎなかった。人並の祝言など夢のまた夢、それどころか人妻相手では、夫の出方によっては最悪の事態もあり得るのだ。

「……どこか奥地にでも逃げようか」

そんなことしか言えない自分に腹が立った。郁はくすりと笑った。

「あなた様の将来を台無しにはできません」

「将来なんてないさ。ただ……」

ただ郁と一緒ならば、未来が開けそうな気がした。どんな困難な状況でも、楽しんで越えられそうだった。

だが郁は今の自分にとって陽炎《かげろう》のような存在である。陽が翳《かげ》れば消えてしまいそうで、本当にここにいるのは郁なのか、確かめるようにいくら肌をまさぐっても、確かめられないのだ。

その夜初めて、かれは郁を抱いた。

奪って北に逃げてもいいと思いつつ、今はただ郁に溺れた。


榎本艦隊北上す……。

その報は、数日中には旧幕残留組の間に広まっていた。

さすがに元奉行所だけあって、入港船の船頭や商人、また外国領事館の館員などが味方について、密かに何かと情報を与えてくれるのである。

それによれば、艦隊は松島《まつしま》湾に碇泊し、榎本らは青葉《あおば》城に乗り込み、敗色濃い仙台藩に助太刀を申し出たが、仙台藩にはもう戦う気力はなかったという。

すでに奥羽列藩同盟は崩れつつあった。

三春《みはる》藩、相馬《そうま》藩、米沢藩に続いて、仙台藩も錦の御旗の前にひれ伏してしまった。

一か月にわたって籠城戦を続けてきた主力の会津藩も力尽きて墜《お》ち、庄内藩、南部藩も、やがて敵の軍門に下ることになる。

列藩同盟の壊滅を見届けた榎本艦隊は、その後、松島湾を離れることになる。

艦には、もはやどこにも行き場を失った幕軍ゆかりの人々を乗せていた。

すなわちつい最近まで老中として天下に号令してきた板倉勝静《いたくらかつきよ》、小笠原長行《おがさわらながみち》、若年寄の永井玄蕃《ながいげんば》、桑名藩主松平定敬《さだあき》……らのお殿様たち。また奥羽戦争を戦って敗れた伝習隊《でんしゅうたい》大鳥圭介、新選組土方歳三、遊撃隊人見勝太郎《ひとみかつたろう》ら主戦派の幕臣。さらにナポレオン三世下の砲兵大尉ブリュネ、カズヌーブ伍長ら、五人のフランス人軍事教官が加わった。

一行は十月半ばには南部藩宮古《みやこ》湾に入り、ここでさらに部隊編成を整えてから、一路北に向かう。だが、それはまだ少し先の話である。

三

尾《つ》けてくる者がいる……。

そう感じた時、一瞬、軽い後悔がよぎった。今の箱館の町は、奉行所が牛耳《ぎゅうじ》っていた頃より、はるかに治安は悪い。治安に当たっていた南部、庄内、津軽など諸藩の藩兵も逃亡してしまい、今は松前藩しか残っていないし、箱館府の兵は少ない。

だが亀田の役宅とは違い、今の住まいは大町から近く、つい酒を過ごしてしまう。この夜も馬は先に帰し、不用心と知りつつ単身で提灯を下げ、頼りない足取りで家路を辿っていた。

　軒灯が並ぶ明るい大通りから路地に入る所に、火の見櫓と番所があった。そこを抜けると急に辺りは暗くなる。昼間の曇天のまま、夜になっても空には星も月もない。

　二本めの角を曲がり、寝静まった町家が軒を並べる道を塀に沿って進む辺りから、歩みを遅くし、刀の柄《つか》に手を添えた。

　かれは自分の家の手前の小路にスッと入って、提灯の灯りを吹き消した。闇の溜まった真っ暗な中で、塀に張り付いた。

　少しして足音が近づき、黒い人影がこの小路をのぞく様子である。間髪《かんはつ》入れずに幸四郎は飛びかかって、有無を言わさずその右手をねじ上げた。

「何者だ？　おれに何か用か」

　と押し殺した声で誰何《すいか》した。

「あっ、やっぱり支倉様で！」

　思いがけぬ言葉が返ってきた。

「お前は……」

　幸四郎は驚いて、暗闇を見透かすようにして相手を放した。

　腕を痛そうにさすっているのは、美濃から郁に付き添って来て、今は湯川〝蒲原〟

で窯を修理している末吉老人ではないか。

「夜分どうもすまんこって。この辺りと聞いて参ったのですが、どうにもお屋敷が分からず……いや、実は支倉様、郁さまが大変でごぜえまして……」

と訴える末吉を、ともかく内玄関まで導き入れた。寝静まっているとはいえ、どこに人の耳があるか分からない。

土間に入ったとたん末吉は第一声を発した。

「今朝、美濃から迎えが来はって、郁さまが連れて行かれそうになりました……」

「なに?」

と幸四郎は腰を浮かした。

船で来たのは『長吉』の番頭で、旦那様に厳しく言いつけられたから、とすぐにも拉致《らち》して行きそうだったという。

郁は、もうすぐ窯が出来上がるから少し待ってほしいと頼み込み、番頭は二日待つと言いおいて、船に帰ったという。

「へえ、朝に来て、引き揚げたのは、午後になってからでした」

末吉は郁に頼まれ、すぐ幸四郎を呼びに箱館府まで行ったが、あいにく留守だった。

戻り次第、蒲原に来てくれるよう受付に伝言して帰ったが、夜になっても現れる気配がない。

　そこで末吉は、蓬莱町の新居の住所を郁から聞き出し、改めて徒歩で湯川を出た。住所を頼りに、もう半刻ほどもこの界隈を探し回っていたという。

　酔いもすっかり吹き飛んだ幸四郎は、一瞬にしてある決心をした。すぐにも馬の支度を命じたが、磯六に止められた。

　公務以外での、市街の騎馬疾走は奉行所時代から禁じられていた。ましてこの治安の悪い深夜では、夜廻りの衛兵に見咎められよう。

　また湯川にまっすぐ向かう大森浜沿いには、浮浪の徒のたむろする暗所があるし、浜に掘っ立小屋を作って寝泊まりする者もいて剣呑《けんのん》だった。番頭は二日待つと約束したのだから、少なくとも夜明けを待った方がいいのではないか、と。

　危険な海岸通りを歩いてきた末吉は、頷いてそれに同意した。やむなく幸四郎は磯六に命じて末吉に粥を出させ、奥で休ませた。

　自分も部屋に引き取ったが、九つ（十二時）の鐘が鳴り始める時分、動きやすい細袴と筒袖上衣に着替え、外套を羽織って、密かに愛馬の葦毛《あしげ》を厩舎から引き出した。

　裏門を出ると馬上の人となって裏道を抜け、静かな諾足で海岸通りまで出た。深夜の海は暗く静かで、はるか沖合に漁《いさ》り火が点々と灯っている。

夜の外出が危険きわまりない理由の一つは、夜廻りの衛兵の数が少ないからだった。だがそのおかげで出会う確率は低いし、要所要所で裏道を抜ければまずは大丈夫。暴漢に襲われても、馬で駆け抜け蹴散らす自信はある。

(夜明けまで待てない、一刻も早く連れ出さなければならぬ)

自分はどうなってもいい、ひとまず郁を連れ帰り、夜が明けたら安全な場所に隠してしまおうと心に決めた。

(人妻であれ何であれ、構うものか)

今胸中にあるのは、高龍寺の和尚のもとか、追い立てられるように大野村に去った早川正之進の家である。

自分がこの九月いっぱいで役所を退くまで、郁をそこに隠し、自由の身になったら、何とか江戸に連れ帰ろうと思う。

郁が待っていたのも、その言葉だろう。その決心に心が逸《はや》った。愛馬に思いきり鞭をくれ、闇の底を全速力で疾走した。冷たい海風が、燃えたつ肌に心地よかった。番所の灯が遠くに見えてくると、その手前で海沿いの道からまた裏道に入る。

葉の落ちた裸木の立ち並ぶ林を抜けると、黒々と盛り上がる千代岱《ちよがたい》陣屋が見えてくる。奉行所時代は津軽藩の陣屋だったが、今は藻抜けのからである。左遠くにそれを見て田園の中を駆け抜け、再び海岸通りに出た。

その少し先からは、郁が蒲原と名付けた小高い丘が、森に囲まれて黒々と見えて、胸が轟いた。途中でまた海岸通りから内陸にそれ、その丘に向かう道に入った。

台地に分け入る前に、まずは持参してきた龕灯《がんどう》に火を灯す。丘はさして高くはないが、麓には原生林の名残《なご》りである櫟《くぬぎ》や楢が密集し、一寸先も見えない闇に塗り籠められている。

馬が一頭通れるだけの道をゆっくり登り切ると、右手に黒々と箱館山が見えていた。

慎重を期したから、ここに来るまでいつもの倍は時間がかかっていた。

かれは馬を飛び下りて、そこにつくねんと立つ木に結びつけ、郁の住む家に駆け寄った。

だが玄関の戸に鍵は掛かっておらず、土間に入って大声で呼ばわっても、誰も出て来る気配がない。嫌な予感がして、かれは真っ暗な家に上がり、龕灯を照らして一つ一つの座敷を点検した。

どこにも、郁とトシの姿はなかった。

いつも清潔で香を焚《た》きしめていた郁の寝室は、今は乱雑に取り散らかり、何かしら漢方薬めいた異臭がたちこめている。布団は寝乱れたまま敷かれており、枕元の衣桁《いこう》には、寝間着が乱暴に引っ掛かっていた。大急ぎで着物を出したらしく、簞笥の抽き出しが二つ三つ閉まり切っておらず、中から着物がはみ出している。


文机の上でいつも花を挿《さ》していた花瓶は、無惨に畳に転がり、黄色の女郎花《おみなえし》が飛び散っている。枕元の盆に置かれた水差しと茶碗は、蹴飛ばされたように倒れていた。

たぶん嫌がる本人を、もしかしたら睡眠剤のようなもので鎮《しず》め、複数の者が力ずくで連れ去ったのではないか。

（遅かったか……）

との思いに幸四郎は、呆然と立ち竦んだ。

途中で出会わなかったところを見ると、おそらく末吉が自分を呼びに此処《ここ》を出た直後に、番頭は手下を引き連れて踏み込んできたようだ。あと二日待つと約束したはずが、なぜ約束を違《たが》えて連れ去ったのか。

美濃の商船『長吉丸』はまだ湾内にいると思うと、家を走り出て追いかけたい衝動に駆られた。だが郁を船中に押し込まれては、手も足も出ない。

自分が沖に碇泊する船に乗り込むのは到底不可能である。無理をして、もし自分との関係が先方に知られては、郁にとって大変なことになる。

そう思うとかれは虚脱感に襲われた。

しかしこんな別れがあっていいものか。おそらくもう二度と逢えないのに、何の言葉も約束もなく、顔も見ずにぽっきりと別れてしまうとは。

こみ上げる強い悲哀に、龕灯を吹き消し、畳に放り出して、がっくりとその場に座り込んでしまった。泣きたかったが、嗚咽《おえつ》する気力すらもなかった。

「遅かった」

と声に出して言い、どたりと座敷に仰向けに倒れた。

間《ま》が悪かったのだ。茶屋でバッタリ会った古河原と遅くまで話し込んだのがいけなかったか、という微かな後悔の念がよぎる。

だが実は古河原もまた、急務で幸四郎を探していた。アメリカ領事館に出向いたと聞いて、その帰りに立ち寄りそうな馴染みの店をはしごしていたのである。

古河原は、榎本艦隊が蝦夷に上陸した場合の、自分ら旧幕残留組の身の振り方を、話し合おうとしていた。府職員のほとんどは、奉行所から継続採用された者たちである。

艦に老中らが乗り合わせている以上、幕府がそこにあるようなものだ。旧幕側に協力せよと命じられたら断れるだろうか。自分らは箱館府を飛び出し、再び幕臣として協力すべきかどうか。

そんな大問題が、皆を震撼させていた。

古河原は、やる気のない箱館府を忌み嫌っていたから、自分は馳せ参じ参戦しようと思う、と言った。

「お前はどうする？」

と問われ、幸四郎は答えられなかった。

「自分はもう旧幕も新政府も関係ない、一私人である」

とかろうじて答えると、古河原は目をむいた。

「幕臣としての義はどうするのか」

「それは、奉行所役人として果たしている」

「お前にとって徳川は、そんな軽いものなのか」

そう詰められて、言葉を失ってしまった。

だが今夜、古河原との話し合いで時間を食い、窮地にあった郁を救い出せなかったことが、何か運命のような気がした。

郁を救い出していたら、自分は幕臣として生きる道を捨て、郁と共にこの地を逃げる算段をするだろう。どちらでもあり得た運と運がガチンとぶつかり合い、こちらの運があちらをねじ伏せたような、そんな気がする……。

考えてみれば、自分のような不安定な立場にある者が、郁を幸せにすることなど出来るはずがない。郁を連れ出して隠し、江戸に連れ帰ろうなどという夢を描いたのは、一時の気の迷い、恋に血迷った一時の錯乱だった。

これでいいのだ、と初めて思った。

これが天の采配なのだ。

郁は老舗《しにせ》のいい内儀になり、元気な子を生んで、幸せな生涯を送るべきだった。

母親になった幸せな美しい郁を思い浮かべると、ふっと微笑が湧いたが、両目からむしょうに涙がこみ上げ、頰を伝って畳に落ちた。まだ郁の残り香がそこらに漂っているのに、もう自分には手も足も出せない。

真っ暗な闇の中でどのくらいそうしていただろう。やがて戸外に人の気配が感じられ、複数の足音が聞こえた。それが誰であるかすぐ分かったから、かれは身動《みじろ》ぎもしなかった。

「と、殿、こんな所でどうされました……！」

廊下を走って来て座敷に顔を出し、龕灯の灯りを当てて、頓狂な声を挙げたのは磯六だった。幸四郎の不在を知り、末吉に案内させて、後を追ってきたのである。

「おや、この匂いは……」

とかれは漂う異臭に鼻をひくつかせている。

「毒物か？」

やっと起き上がって幸四郎が問うた。

「うむ……いや、これは眠り薬ですな。それはそうと殿、こんな所で夜を過ごしてはいけません、風邪をひきますぞ」

「……酒はないか」

やっと、掠れた声で言った。

磯六の背後から顔を出した末吉が、すぐに酒の用意をしてきた。幸四郎は茶碗に手酌で注ぎ、ごくごくと、水を呑むように無造作にあおった。

いつの間にか外が白み始め、小鳥の囀《さえず》りが聞こえ始めている。

船が出帆するのは今頃だろう。

そう思いついて、ふらつく足で外に出る。眼前には白々明けの庭が広がっていた。

これほどのススキがここに群生していたのか、と改めて驚くほどに、葉先のそそけた枯れススキが一面に密集し、微風に揺れていた。

幸四郎は虚ろな目で、眼下に広がる鉛色の大森浜を眺め、その先はるかにもやっている水平線の辺りに目を投じた。

そこは津軽海峡である。眼下に見えるこの海は箱館湾の反対側になるが、船はやがて箱館山の裏を回ってきて、あの津軽海峡に出ていく。もやって何も見えない海を、かれはいつまでも見ていた。

第七話　賊徒上陸

一

誰かに名前を呼ばれたような気がした。

それまで懐かしい人の夢を見ていたようだが、薄く目を見開いたとたんその残影は飛び散った。

「や、これは……」

幸四郎は慌てて起き上がる。そばで覗き込んでいるのは、この店の亭主柳川熊吉だったが、その顔がかすんで見えた。

先刻まで一緒に鍋をつついていた門馬八兵衛の姿はどこにもない。

どうしたのか、記憶は飛んでしまっている。再び戒厳令下にある市中は、夜ともなればひどく剣呑になるが、かれはその町を帰っていったのか。

幸四郎は囲炉裏のそばでひとり杯を重ね、あげくにいぎたなく寝込んでしまったらしい。

「いや、よく寝ていなさるんで、風邪を引かしちゃいかんと……」

と熊吉は笑いながら、手にした掻巻《かいま》きを渡してくれた。白い仕事着の上には、綿入れの印半纏を羽織っている。

「もう店終いなのに、どうも申し訳ないです」

「なに、ゆっくりしていきなせえ。ここんところ、毎日が店終いみてえもんでね」

「…………」

「迎え酒を一杯どうですか」

「いや、呑み過ぎました……」

「おーい、熱燗一本と水」

と構わずに帳場に向かって怒鳴り、自ら囲炉裏の火を器用に掻き熾《おこ》した。

女中が盆を掲げて入って来ると、熊吉はこの居残り客に手ずから熱燗を勧めた。かれが下戸《げこ》であるのを忘れて、幸四郎はうっかり返杯しようとし、手を振られた。

「わしは酒も呑まずに世間を渡ってきましたがね、そんな気のきかねえ奴でも、最近はちと呑みたくなりますよ」

その意味を理解して、幸四郎は黙って頷いた。

津軽海峡を渡った榎本艦隊が、噴火湾上にその威容を現したのは、つい数日前、十月二十日の朝まだきだった。

それからわずか数日のうちに、五稜郭と運上所と弁天砲台に、幕府の日章旗が翻えったのである。観念していた箱館の人々は、さして大騒ぎもせずにそれを見守った。

脱走軍が激しい吹雪をついて上陸したのは、箱館の北方十里、駒ヶ岳《こまがたけ》の麓に広がる、のどかな海岸である。

そこはニシン漁に潤う百五十戸の漁村で、昔、鷲がよく舞い降りたことから鷲《わし》ノ木と呼ばれていた。

村人は驚愕して山に逃げ、鷲ノ木駐在の荒井《あらい》某はただちにアイヌ青年を使者に立て、五稜郭に急報した。

〝賊徒上陸せり〟

その夜、清水谷知事に届いた書状は、そんな文面で始まった。

〝徳川海軍、開陽、回天《かいてん》、蟠竜《ばんりゆう》、長鯨《ちようげい》、神速《しんそく》、大江《おおえ》、回春《かいしゆん》、鳳凰《ほうおう》。右船の内一艘、

当村着……〃

すなわち脱走軍は三千の兵と八隻の艦船を率いて現れたが、そのうち一隻が、鷲ノ木村に上陸を始めたという。

五稜郭は騒然となり、清水谷は重臣を招集して軍議を開いた。

若い公家知事には、いまだ戦闘経験はない。脱走軍が海峡を航行中という情報は、すでに諜報筋から届いていたにもかかわらず、現実の報に接すると慌てふためいた。

かれは非常事態を宣言し、松前藩士を中心とする三百人の兵を迎撃に向かわせた。

かれらは大砲二基を引いて、鷲ノ木と五稜郭のほぼ中間地点にある、急峻な峠の下で榎本軍を待ち伏せた。

二十二日深夜、峠下村《とうげしたむら》に一発の砲音が轟いて、戊辰《ぼしん》戦争最後の戦い〃箱館戦争〃の火ぶたが切られたのである。

だがこの榎本軍は、本隊ではなかった。

戦闘は避けたかった榎本は、まずは人見勝太郎らを使者にたて、上陸の趣旨を伝えるべく箱館府に向かわせたのだ。榎本はまず伝えたかった。自分らは戦うために来たのではない、と。

〃われら旧幕臣に蝦夷地を賜り、開拓と国防の任につかせてほしい〃

そう訴える新政府宛ての嘆願書を、人見に託していた。

一小隊三十名に守られた人見らは、二十二日夜、峠下の旅籠に宿泊したが、その寝込みを襲われたのである。

不意打ちをくらってかれらは慌てていた。敵側は大砲を持ち、十倍の兵を擁している。にもかかわらず、東北を転戦してきた歴戦の人見らは、的確に応戦し撃退してしまった。

榎本はこの後、箱館に向かう兵を二手に分け、土方歳三率いる隊を海沿いに、大鳥圭介隊を山中の街道を進軍させた。

その道の随所に府兵が待ち伏せており、川汲《かっくみ》峠、七飯《ななえ》村、大野村などで戦闘がくり広げられたが、すべてに脱走軍が勝利を収めた。

脱走軍にとって真の敵は、荒れ狂う吹雪だった。

内地から来たかれらには装備が整わず、袷の着物に足袋といった兵士も少なくない。身体を温めるものは、出発時に配られた赤トウガラシだけ。腰まで積もる数尺の積雪、海から吹きつける刃のような風に、進軍は困難を極めたのである。

二十四日夜、敗残の箱館府兵は、命からがら五稜郭に逃げ戻った。

だがかれらを迎えたのは、もぬけの殻《から》の庁舎だった。

清水谷と側近らは、味方の敗報が伝わるや大混乱に陥り、鳥が飛び立つように五稜郭を逃げ出し翌未明には船に乗り込んで、青森へ遁走《とんそう》してしまったのだ。撤退を知らず置き去りにされた者も多く、

「何て逃げ足の速い宮様だ……」

と皆は呆れ果て、旧奉行所との違いに愕然とした。

おかげで旧幕脱走軍は、開戦からわずか三日で箱館周辺を制圧し、五稜郭に無血入城したのである。

五稜郭に新しい主が入って間もないこの二十七日の昼間、門馬八兵衛が、蓬萊町の幸四郎宅に駆け込んで来た。

脱走軍が、箱館市中にこんな触書きを発したという。

「蝦夷各地に潜伏する箱館府職員は、五稜郭に出仕せよ。それを怠った者や、かれらを匿った者は処罰する……」

箱館府は、幹部が入れ替わっただけで、ほとんどは旧奉行所役人である。だからこのお触れは、市中に潜伏している旧奉行所役人に対し、出頭を命じるものだったのだ。

「処罰するとはどういうことですか」

と門馬は憤慨していた。

「われらを何だと思ってるのか。これじゃ名乗り出る者なんかいやしませんよ。処罰を恐れて出頭したと思われちゃ、義が立たない」

幸四郎は、すでに九月で箱館府を退いている。といって入港してくる船も少なく、江戸にも帰れない。そこで生計のため福島屋の〝用心棒〟を引き受け、そのうち出帆するはずの船を頼みに、酒浸りの日を過ごしていたのである。

そんなわけでかれは、憤る門馬をこの『柳川』に誘い、鍋をつつきながら五稜郭占拠の顚末《てんまつ》を聞いた。

それによると二百五十名近い府職員は、すべて五稜郭から逃れていた。そのおよそ半分が、清水谷に同行し青森に撤退したという。

家族がいる者は待機を認められたから、そうした妻帯者を含めたあとの半分は逃げ遅れ、市中に潜伏しているらしい。

その中には、自ら進んで名乗り出た者もいたようだ。

だが多くは生活のため新政府の禄《ろく》を食《は》んでいる。旧幕軍が五稜郭を占拠したからといって、ただちに馳せ参じるわけにはいかなかった。

幸四郎はすでにそれについて、古河原や気賀丈之助に会い、密かな話し合いを持っている。

そこでは意見が大きく割れた。

「公家どもは蝦夷をなめきっている。自分らは鳥も通わぬ辺土に舞い降りてきた鶴と思い上がり、薩長の芋侍に使われる犬とも気づかぬ大うつけどもだ。あのうざい連中を追い払うためだけでも、脱走軍に身を投じたい」

と二人は言った。

だが幸四郎はそうは踏み切れない。外国掛として、領事らが友好的な笑みの下に、鋭い爪を隠しているのを知っている。

杉浦奉行が、新政府軍に恭順して孤軍奮闘していた頃、ロシア領事から、〝われらが協力するから、一戦交えてはいかがか〟と唆《そその》かされたと聞く。

内乱をこれ以上長引かせていいものか、今も決心はつかなかった。

ただ残るも進むも、命が掛かっていた。三人は互いの主張を尊重し、それぞれの道を行こうと決めた。以来、かれらに会ってはいない。

「おれはこのまま市中に隠れて船便を探すつもりだ。おぬしはどうする」

幸四郎の問いに、門馬は首を突き出して頷いた。

「馬鹿にするなと言いたいです、出頭なんかするもんですか」

二人は意気投合し、酒を酌み交わしたように思うが、その後の幸四郎の記憶は途切れている。

二

「名乗り出ないと罰するとは、穏やかじゃない」

熊吉は火をいじりながら、同情したように言った。

「そりゃァ、府のお役人が徳川の幕臣と知りゃァ、確かに心強かったと思いますよ。ただ榎本様は、箱館には土地勘がおありだから、蝦夷を目指したのでしょうがね」

「というと？」

「箱館に再び奉行所が置かれることになった年……安政元年でしたか、まだ目付だった堀織部正様が、北蝦夷の視察に見えましてね。その時のことは、よく覚えてます。わしが初めて堀様に拝謁した時、そばに十八、九の、お供が控えておった。それが釜《かま》次郎《じろう》と呼ばれる男前のお小姓でした」

江戸にいた頃の熊吉は、浅草の俠客新門辰五郎《しんもんたつごろう》の配下であり、その大親分は幕府上層部に通じていた。そんなことから箱館奉行堀織部正との貴重な縁《えにし》が生じ、運が開けたのである。

「なるほど」

幸四郎は相手の顔を見た。熊吉が何となく自分を引き止めたのは、そんなことを話したかったのだと悟った。

「その若き榎本釜次郎とは、どんな人物だったんです？」

「そうですねえ、まあ、何よりも血の気の多い江戸っ子でしたね。侠気に富んで、しゃれっ気があり、わしゃア、初《しょ》っぱなからとーんときましたよ」

釜次郎の話になって、急に気合いが入ったらしい。ふだんは畏まった丁寧な言葉遣いで話すが、興奮すると急に伝法《でんぽう》な江戸弁になる癖があった。

「第一《でぇいち》、若えのに人を使うのがべらぼうにうめえんでさ。わしの周りに出入りするのは、世間様から忌み嫌われる、暴れ馬みてえなやつらばかりですがね。全員の名をすぐ覚えて、あっという間に手なずけちまった……。わしゃア、このお方は必ず出世しなさると思い、ぞっこんでしたよ。しかし何と言っても、真っ先に目をつけた堀様はさすがでさァね」

腕を組んで懐かしむように首を傾《かし》げた。その顔が、囲炉裏の火で赤々と火照って見えた。

「今は賊軍の親玉などと言われてますが、てやんでェ、こちらが勝ちゃア、あちらが賊軍よ。いや、わし以上に、釜次郎様は思っていなさるでしょう。少々やんちゃもするが、一本筋の通ったところのあるお方でさ。だからこそおめおめ恭順せず、まっつぐ脱走してきなすったんじゃねえか……。まあ、向こう様はわしのことなど忘れていなさるだろうが、そのうちぜひ挨拶に伺いてえと……」

熊吉は、今は賊軍となった釜次郎のことを語りたかったのだ。

いや、その釜次郎を通し、切腹して果てた非業の堀織部正のことを語りたかったのかもしれない。

幸四郎は勧められるまま盃を重ねたが、酔いは醒めていた。

世の中のあまりにめまぐるしい有為転変《ういてんぺん》に、どう身を処すべきか幸四郎は戸惑っていた。つい最近まで杉浦奉行に仕え、その後は清水谷知事の下で勤務していたが、今度は旧幕脱走軍に出頭せよという。

そんな思いは、口入れ稼業で長く奉行所に食い込んできたこの熊吉も、同じだったろう。

「親分、一杯ぐらいどうですか」

幸四郎は、同病相哀れむような心境になり、呑めぬと知りつつ酒を勧めた。

「いやいや、おめえさまを介抱したわしが盃一杯でひっくり返っちゃ、様にならねえ……」

熊吉は笑い、先ほど下女が運んできたまま、話に夢中になって冷めてしまった茶を、音をたてて啜った。

開陽丸が初めて箱館湾にその勇姿を見せたのは、十一月一日だった。

今朝まで鷲ノ木で修繕に徹していた開陽は、五稜郭占領の報をもって、榎本とお歴々を箱館まで運んできたのである。

幸四郎はこの日、まだ市中潜伏を続けている四人を誘い、箱館山中腹の台地で集合した。古河原、気賀、門馬、旧奉行所では幸四郎の配下だった定役の杉江である。

松の木のざわめくこの台地からは、弁天砲台や運上所を眼下に見下ろし、湾を一望出来る。対岸には、真っ白に雪を被った駒ヶ岳、横津《よこつ》連峰、三森山《みつもりやま》などが雄大に連なって、蝦夷の入り口らしい景観を見せていた。

三本マストの巨大帆船が、湾岸の西端にある弁天砲台を回り込んで現れた時、砲台から祝砲が上がった。

艦は巴湾の内懐へと、ゆっくり滑ってくる。

両側に三十五門の大砲をぎっしりと搭載しており、その中には、凄まじい破壊力をもつクルップ砲十八門を含んでいるという。蒸気機関は四百馬力、乗員数五百人の、世界でも最新鋭と言われるオランダ製の木造戦艦である。

その威容を目にして、震えが幸四郎の身内を走った。こんな威風堂々たる巨艦を、かつて見たことがあろうか。

まさに噂どおり、天下無双の浮き城だった。

艦が湾に入るや、湾内に碇泊していた艦船回天と蟠竜からも祝砲が放たれ、計二十一発の砲声がとどろき、箱館山に谺《こだま》した。

この日は、土方歳三率いる隊は松前に出撃しており、今も戦闘が続いていたが、箱館周辺はほぼ平定したのである。

「すげえなあ」

と皆は白い息を吐いて、双眼鏡を次々と回した。

幸四郎は差し出された双眼鏡を覗き、舳先《へさき》に目を奪われた。

そこには徳川の葵《あおい》の御紋が描かれ、徳川の日章旗が海風に翻っていたのである。不意に胸を打たれ、涙ぐんだ。

自分達はこの御紋を見、この旗の下で育って来たのだった。皆も同じ思いであろう、涙を流してただ茫然と眺めていた。

船腹にはオランダ語で〝フォールリヒター〟と書かれている。〝夜明け前〟の意味という。〝開陽〟とは、榎本が提案した〝夜明け前〟を下敷きに、戦艦らしく命名されたもので、オランダでは〝フォールリヒター〟の愛称で呼ばれていたという。

榎本の反逆は、多くの屍を野に晒すだけの暴挙かもしれない。だがこの船の勇姿を見ては、ひとしなみ熱い血が滾った。それは理屈では言い表せぬ、胸につかえる何か熱い塊りだった。

「あの先頭にいるのが榎本さんだ」

古河原が興奮したように言う。双眼鏡を覗くと、舳先に近い甲板に数人の人影が立っているのが見える。

「榎本さんに会いに行こうじゃないか」

祝砲が鳴り止んだ時、古河原が突然言いだした。出頭すると公言していたかれも、まだ実行出来ずにいるのだ。

「ええっ?」

皆は驚いて、かれの顔を見た。

「わしはあの閣下の考えを、じかに聞いてみたい」

「おい、気安く言うなって。あちらは海軍副総裁にして、あの大船を乗っ取ってきた賊軍の首領だぜ」

そう言う丈之助もまた迷っていた。

「副総裁もへちまもあるものか、幕府の序列は壊れたのだ」

「甘いな。引っ捕らえられ、前線に送り込まれるのがオチかもしれんぞ」

「いや、榎本さんはそんな人じゃない」

それまで黙っていた幸四郎が、思わず口を挟んだ。榎本の人となりについて、先日熊吉から聞いて心が動いていた。

「〝榎本船〟に乗るか、乗らぬか……そろそろ決着つけようじゃないか。江戸へ帰るに船はなし、逃げたくても逃げ道なしだ。市中見回りの探索も厳しくなってきて、おちおち酒も呑んでいられん。摘発されて出頭させられるんじゃ、おれたちも形無しだ。汚名を着せられないためにも、一か八《ばち》か、突っ込もうじゃないか」

「いいぞ幸四郎、そうこなくちゃ……」

古河原は、微妙な笑みを口許に浮かべた。幸四郎の〝女問題〟にケリがついたと察したようだ。

「この古河原は、もともと脱走軍に共感してる男よ。おれもあの箱館府なるものから脱走して、目障りな連中を蹴散らかしたい。しかし処罰されるのが怖くて出頭したと思われるのでは、困る。そんな触書きを出させた榎本なる軍艦男に、言いがかりをつけたい」

「異存はない。ただし会いに行けば、帰り道はないぞ」

気賀丈之助が腕を組んで、青い冬空を仰いだ。

「そのとおりだ。納得すればそのまま残るし、榎本がいい加減なやつであれば、その場で斬って、わしは腹を切るからな。だから、その覚悟がないやつは、行かん方がいい」

古河原が言った。祝砲は鳴り終わり、湾の中央に留まっている船に、何艘もの小舟が寄っていくのが見える。皆は沈黙してじっとその様子を眺めていた。皆の心は決まっていた。

「それでいい。腹を切る覚悟はないが、いずれ長らえる命でもなさそうだ」

と幸四郎は言う。このままでは収まらない気がした。

山は静かで、下から吹き上げる海風に木々の枝が雪を振り落とす、サササ……という軽い音が時折聞こえている。

「問題は、どうやって榎本さんを捉まえるかだ。今この状況下では、紹介状を書いてもらうしかるべき人物に心当たりはない」

幸四郎が首を傾げて言うと、五稜郭方向を眺めていた門馬が、おもむろに顔を向けた。

「……実はいろいろ迷い、先日五稜郭陣屋まで行ってみたんです。表門の門衛は箱館府以来の知り合いばかりでした。あの連中なら、榎本閣下が確実に在室する日を聞き出せますよ」

するとと若い杉江が、思い出したように言った。

「そういえば自分は、早々に出頭した同僚を知ってます。そいつを訪ねて行き、榎本閣下に会わせろと案内させてはどうですか？　やつなら文倉様に心服していたし、度胸もある……。ほら、あの定役の栗田ですよ」

「ああ、栗田剛次郎《ごうじろう》か。なるほど……」

栗田は奉行所時代から、血気盛んな武闘派であった。

「あの者なら、身体を張ってくれるでしょう」

と杉江は、冷えてきた身体を温めるように足踏みして続けた。

「連絡はありませんが、今は中にいるはずだ。在室する日を訊いてみます。ええ、自分が先頭に立ちますよ」

三

数日後の午後、幸四郎らは五稜郭の追手門《おうてもん》の近くに佇んでいた。

たった今、栗田剛次郎を訪ねたのだが、のっけから番狂わせが生じた。栗田は不在だったのだ。

何刻ごろに戻るか、と杉江が慌てて問いただすと、思いもよらぬ答えが返ってきた。栗田は前線を希望し、今は土方軍に入って、松前攻略に出向いているというのだ。杉江は絶句した。

「榎本閣下は今日はおいでなのだな」

と幸四郎がとっさに問うと、閣下は急用で外出中だと、顔見知りの番兵が申し訳なさそうに言った。万事休すだった。

大事な時に番狂わせはつきものだ。いったん出直そうということになり、門の近くに茫然と佇んでいたところだった。

その時、門馬がふと言った。

「あっ、あれはもしかして……」

一斉に視線の方角を見ると、三十名ほどの衛兵を従えた騎馬の一隊が、街道筋から門に近づいてくる。大勢の騎馬に囲まれて見え隠れする、白っぽい馬に跨《また》がっている人物は、その威風からして榎本ではないか。

それを見たとたんに古河原が、皆に号令した。

「みな座れ！　直訴《じきそ》するぞ」

考える暇もなく、戎服を纏った五人は慌てて雪の上に正座した。

「お待ちください！」

一行が目前にせまった時、古河原が大声を張り上げた。

「榎本閣下に拝謁致したく、お願い申し上げます！」

するとバラバラと駆け寄って来た十人近い衛兵が、銃を構えて五人を取り囲んだ。

見覚えのない顔ばかりだった。

「狼藉者《ろうぜきもの》、下がれ下がれ！」

衛兵らの殺気だった声に動じず、古河原は大声を張り上げた。

「われは旧奉行所支配調役、古河原耕平にござる」

奉行所調役と聞いて、先頭にいた三十がらみの衛兵が、少し言葉使いを改めて言った。

「旧奉行所役人であれば、追手門の番所に行かれよ」

「榎本閣下に訊ねたき儀あり、拝謁を請い願うものである！」

「閣下は多忙であるからして、申したき儀があれば、すみやかに番所へ申し出られよ」

衛兵は威丈高《いたけだか》に言う。その横を一行は諾足で通り過ぎていくが、榎本らしい人物は、頬当てのついた頭巾を被っていて顔は見えない。

一騎だけが列を離れてそばに寄って来た。

馬を下りたのは、長身に黒い軍服と外套を羽織り、鞣《なめ》し革のブーツ、帽子といういでたちの、口髭を生やした若い外国人だった。

「オヌシたち、榎本閣下にゴヨウですか？」

とかれは正確だが、奇妙な抑揚の日本語で言った。

「自分は旧奉行所の古河原と申す者、ここに居並ぶ者も同役ですが、われら閣下の話を伺いたくて参りました」

「話……？」

相手はじっと古河原を見てから、気賀、幸四郎に目を移した。

覗き込むように見る青い目はさらに青く、強い光を放っている。それが〝碧眼《へきがん》のサムライ〃と評判高い砲兵大尉ブリュネであろうと、幸四郎は直観した。

ブリュネは軍事教官としてナポレオン三世支配のフランス帝国から派遣され、徳川兵に砲術や武術を教えてきた。この内乱が起こると、榎本を慕って軍籍を離脱し、開陽丸に乗り込んだらしい。

他にも十人近いフランス人が参加したと聞く。

かれは何を読み取ったものか、それ以上は何も訊かず頷いた。

「古河原サン以下五名、みな旧奉行所役人……ですネ。デハ……」

と腕時計を見て言った。

「少し……そう、この五稜郭を一周するコロアイに、私を訪ねなさい。ああ、私、ブリュネ大尉です」

五稜郭の濠を一周する頃合いに、一同が番所を訪ねると、そこにはすでにあのブリュネが同じ格好で立っていた。

「まずは腰ノ物を申し受けます」

と言い、衛兵が五人の刀を奪うのを見届け、先に立つ。

「閣下は今、厩舎《きゅうしゃ》におられます。ついてきなさい」

有無を言わさぬブリュネに、五人は黙って従った。

五稜郭の広々した敷地には、今は野営用の小屋が無数に建ち並び、資材や武器らしき物がゴタゴタと積まれている。大砲もあった。その間を多くの兵士が動き回っており、雪はどす黒く踏み固められていた。

案内されたのは、門からほど近くにある厩舎だった。

板で雪囲いされた薄暗い中に入って行くと、馬の匂い、飼葉《かいば》の匂いが鼻をつく。すぐに番人が飛び出してきた。

ブリュネを見て、心得たように頷いた。大尉の姿はここで消え、番人は何十頭もの馬がひしめく棟とは反対側の棟に入っていく。

通路に面した仕切りには、見事な馬が居並んで、ブルル……と鼻を鳴らしている。仕切りの前を幾つか通った先に、灯りのともった広い仕切りがあった。中で背の高い男が腕まくりで、せっせと黒い馬体を拭いている。

「お連れしました」

番人が声をかけると、男は目も上げずに太い声で言った。

「おう、ごくろう。すぐに行く」

番人はその前を通り過ぎ、突き当たりの粗末な部屋に五人を案内した。殺風景な土間の中央の囲炉裏で、薪が燃えていた。囲炉裏を囲むように縁台があり、五人は正面を残してそれぞれに座った。

落ち着かずに辺りを見回していると、ややあって先ほどの男が、上着に腕を通しながら入ってきた。上背のある堂々たる体軀で、彫りの深い顔立ちが印象的である。

五人は一斉に立ち上がった。


「待たせたな。いや、馬というやつ、まめに世話してやらんとむくれるのだ……まあ、座れ、私が榎本だ」

だが古河原は立ったまま名乗り、他の四人を紹介したところで一斉に着席した。榎本は頷いて、上着の釦《ぼたん》をはめながら言った。

「ふむ、旧奉行所の五人衆か。おめえさんがた、この榎本が、堀織部正さまに従って箱館に来たことがあるのは、知っておるな」

「はい、むろん存じ上げております」

幸四郎が言う。

「うむ、で、この榎本を斬りに来たと？」

「あ、いえ、そんな……」

古河原が戸惑って口ごもった。

榎本が、三味線堀《しゃみせんぼり》の組長屋で生まれた江戸っ子とは知っていたが、こうざっくばらんに話しかけられるとは予想していなかったのだ。

「ブリュネはそう申しておったぞ。様子からして斬られるかもしれんから、刀は預かっておいたと」

「それは誤解であります。ただ率爾《そつじ》ながら、先日の触書きのことで、申し上げたき儀がございます」

とかれは腹を決めたように、件《くだん》の触書きを持ち出した。

奉行所は幕府崩壊とともにこの閏四月に終わりを迎えた。一同、清水谷閣下の着任まで市中警備の任を果たして、幕引きしたのである。

杉浦奉行は当地を離れたが、調役以下は諸事情で残留し、新政府に引き続き奉職してきた。その多くは悩みに悩んだ末、幕府は滅んだものと結論したのだった。

「一度死んだつもりで新生活に踏み切った者に〝再び出頭せよ、せざるは処罰〟とは、あまりに乱暴な命令だと考えます」

「ふむ」

「また、旧幕軍に投じたくても、処罰が恐くて出頭したと思われては義がすたる……、との思いで出頭を拒む者もいるのであります。旧幕軍は、さほどに力ずくの軍隊であるかと……」

かれは檄して、そこで声を途切らせた。

「なるほど」

榎本は頷いた。五人の強い視線を浴びて、しばし口髭をしごきつつ、同じ屋根の下の馬の気配を伺うように黙していた。

四

「話は相分かった。しかし、おめえさんがたも誤解しておる」

とやがておもむろに言いだした。

「まず招集をかけたのは〝旧奉行所役人〟ではない、〝箱館府役人〟だ。また〝出頭せよ〟ではなく、〝出仕せよ〟である」

「どこが違いますか、われわれにとっては同じことです」

「いや、違う」

榎本は相変わらず髭を押さえ、切れ長な目を真っすぐ古河原に据えた。

「府役人は現時点で、箱館の政《まつりごと》を支える者たちだ。しかるにお公家知事が逃げたからと言って、全員が職場放棄するとはどういうことか、逆に訊きたい」

「…………」

「ましてわれらは、同じ旧幕軍ではないか。この榎本を、見損なってはおらぬか。最後まで踏みとどまった杉浦奉行の薫陶を受けたとも思えぬ、何たるなまくらぶりだ……」

思いがけぬ反撃に、五人は黙ってしまった。

「徳川と薩長の争いなんざ、箱館の民にはどうでもいいのだ。食うべきものが食える、安寧《あんねい》の日々が願いだろう。われわれが城に入った以上、それを保証する義務がある。今は非常時だからと、役所を空白にしておけると思うか？　外国が、箱館の民が、待ってくれるか？　私としては、商船に物資を運んできてほしいし、沖の口番所にも税を取ってもらいたい、諸外国とも友好を保たねばならぬ。そのために役人に〝出仕〟を求めたのだ。職務を放って逃げた者を呼び集めることが、どこが力ずくであるか。五稜郭には、二人めの杉浦はおらなかったのか」

「御意……」

古河原は短く言い、あっさり頭を下げた。

「占領軍が、すぐに政を継続するとは思いませんでした」

「しかし、僭越《せんえつ》ながら申しあげます」

と続いて口を挟んだのは幸四郎だった。

「今のお言葉を信じるならば、徳川と薩長の争いを、この平穏な蝦夷地に持ち込もうとなさるのは、矛盾ではありませんか。この占領にいかなる義がおありか、ぜひともお聞かせ願いたい」

（よくぞそれを訊いてくれた）

と言わんばかりに榎本は頷いた。火かき棒を取り、火をかき回しながら言った。

「わが徳川の多くの家臣が、今や世に溢れているのは承知していよう。七百万石から七十万石に減らされては、それも当然だ。この難民を新政府はどうするつもりか。翻《ひるがえ》ってみればこの蝦夷地は、未だに人跡未踏の原野のままだ。この未開地はこれまで幕府支配だった。幕府が測量し、奉行所を置いて北方の護りを固めてきた。そのよしみで、蝦夷を徳川に永久貸与《たいよ》してもらえまいか……そう私は考えた。さればわれらは生きのびられる。蝦夷地を開拓し、また北の防人ともなろう。そうした趣旨の嘆願書を、私は新政府に出している」

「………」

「一榎本が、新政府相手に取引するのは畏れ多く、限界もある。しかし上様は駿府に退いてしまわれ、頼みの小栗殿は謀殺された。私がやるしかない」

パチパチと火の粉が飛び、榎本の顔が赤く見えた。

その時近くで、馬の鼻ぶるいの音がした。すると榎本は思い出したように言った。

「……知事どのが遁走し、我が軍は無人の五稜郭に入城したのだが、哀れ一頭の馬が、この厩舎に繋がれていた」

「………」

「その馬はおいてきぼりを食ったんだ。私と同じだ」

鳥羽伏見の戦いの後、大坂城を脱出した慶喜は、たまたま榎本が下船していた開陽丸に乗り込み、艦長不在のまま江戸に逃げ帰ったという。

榎本はその時入れ違いに大坂城に行っており、港に戻って開陽の出帆を知り、愕然とした。

「その馬は見事な南部馬で、馬術指導のカズヌーブ伍長によれば、なかなかの名馬だという。おいてきぼりを食ったのが悔しいか、馬は、水も餌も口にしなかった。その気位の高さが気に入って、譲り受け〝墨流し〟と命名したのだ」

それが先ほど乗っていた、あの馬なのだ。

「だが誇り高いのは、馬のみではない。わが船に乗り合わせた誰もが誇り高き武士《もののふ》だ。向こうの返事いかんでは、われらは戦も辞さぬ覚悟である」

榎本は髭をなでつつ、そのよく動く目で皆を見回した。

どうだ、文句あるか、とでも言いたげな様子に圧倒されていると、

「そこで五人衆、私から頼みたい」

とかれはひょっこりと頭を下げた。

「文官として、平常どおり続けてもらいたい。軍だけでは何も出来んのだ……」

どこか煙に巻かれたようだったが、幸四郎はすでに心を奪われていた。この人についていて行きたいと思い始めていた。

「支倉、今日から出仕致す所存であります」

幸四郎は言っていた。

自分も行き場を失った徳川難民の一人なのだ。その王国が出来たらまっ先に馳せ参じるだろう。もとよりあの強面《こわもて》の新政府が、すんなり認めるはずもないと承知の上で、夢のようなことを言う榎本。新政府にも、幕臣を置いてきぼりにした主君にも従わぬ第三の道を示した榎本を、幸四郎は支持した。

「古河原耕平、沖の口番所の任につきたいと存じます！」

と同じ思いの古河原が続いた。

「門馬八右衛門、馬よしみで墨流しの世話などさせていただきます」

との門馬の言葉に、榎本は初めて笑みを見せた。


年の瀬も押し詰まった晴れた空に、祝砲がとどろいた。

松前も降伏して戦が一段落した十二月十五日、榎本は盛大な祝賀会を催したのである。

それは蝦夷地平定を祝すもので、住人らには米、穀物、金子《きんす》が配られ、祝賀会には各国領事、外国船の艦長、豪商、有力町民など数百人が招かれた。

弁天砲台からは、祝砲が放たれた。それに呼応して満艦飾の軍艦からも次々と打ち上げられ、百一発の砲声はいんいんと箱館山に谺《こだま》した。

それを合図のように、軍旗を翻し鼓笛隊《こてきたい》に先導されて、アメリカ仕込みの〝パレード〟が賑々しく繰り出した。

松前攻略をなし遂げた土方指揮の軍……すなわち彰義隊、旧幕陸軍、額兵隊のほぼ七百人が、祝賀会に合わせて帰還し、市中を五稜郭まで凱旋したのである。

式典掛りを承っていた幸四郎は、えんえん響く祝砲の音を、五稜郭の会場の片隅で聞いた。

会場を抜け出て沿道で見物してきた者らの話では、凱旋はこの日の主役と言えるほど大変な人気だったが、いささか珍妙な行進だったともいう。

将兵のいでたちが凄まじかった。上半身は古風な侍姿だが下半身はズボンと革長靴……とか、上はフロックコートで下は袴と革靴、上は陣羽織に下はだんぶくろ……等々、いかにも〝脱走混合部隊〟らしい異様さだった。

中でさっそうとして、沿道の喝采を集めたのは、イギリス軍にならった赤上衣に黒ズボンの仙台額兵隊と、二行ボタンで折襟開衿《おりえりかいきん》の濃紺の軍服をつけた旧幕軍の士官だったという。

日が暮れれば家々の軒先の提灯に火が灯り、市中を提灯行列が練り歩き、花燈《かとう》で彩られた市街は妖しく色めいた。どこもかしこも華やかで、箱館始まって以来の壮観さだと、人々は噂し合った。

ただこの盛大な祝賀会の裏に、旗艦『開陽』の沈没が隠されているとは、人々はまだ知らない。

一月前《ひとつき》の十一月十四日夜、江差湾に碇泊していた開陽丸は、猛烈な暴雪風で江差海岸に吹き寄せられ、吹雪に閉じ込められるように座礁したのである。何とか離礁させようとの乗組員の努力もむなしく、船体は激波に翻弄されて中央から折れ、十日ほどで海中に没した。敵方の工作員のしわざとも噂された。

北航の夢が潰《つい》えた榎本は、沈む愛艦を見て涙を流したという。

この惨事にすっかり士気が下がった榎本軍を、何としても鼓舞する目的が、この祝賀会にはあったのである。


行列の到着と共に始まった宴では、幸四郎は各国領事や、ブラキストンらの応接にあたった。柳川熊吉もまた祝賀会に招かれていたため、言葉をかわすことが出来た。

華やかな宴の中で、幸四郎が密かに注目していたのは、まだ面識のない土方歳三である。京では血腥《なまぐさ》い剣客集団の副頭領として鳴らし、その名は箱館まで響いていた。

賑やかにさんざめく中、榎本は愛艦を失った悲しみはおくびにも出さず、豪快に笑い、闊達にふるまった。他の者もそれに倣《なら》った。

だがこの土方だけはいっこうに楽しまないふうである。

少しも笑わず誰とも喋らず、隅っこでひっそり呑んでいる。

当世ふうのざんぎり頭で、引き締まって日焼けした顔と長身に、旧幕陸軍の軍服と長靴がよく似合っていた。

ところで仮政府の役職を、榎本は入札《いれふだ》（選挙）で選出した。

圧倒的な票数で総裁に選ばれたのは、榎本自身だった。副総裁は幕府で陸軍奉行並をつとめた松平太郎、箱館奉行には永井玄蕃、陸軍奉行が大鳥圭介、そして陸軍奉行並に土方歳三……。

という具合に二十二人の役職が選任され、〝五稜郭政府〟ここに誕生したのである。

間もなく明治二年が明けたが、榎本が新政府に出していた嘆願書には、いまだ返答はなかった。

第八話　最期の日

一

目の前に、スミレの花が咲いていた。

ひんやりとしたこの山中では桜はまだ蕾だが、山道には可憐な野の花が群れ咲いて、梢には鳥がさえずっていた。

「今日は何日だっけな」

と身を潜めている塹壕《ざんごう》の中で、誰かが銃を覗いたまま呟く。

「四月の十三日……あたりだろう」

と別の誰かが答える。

「もう町じゃ桜が咲いてるな」

その言葉に、幸四郎は思い出した。かれが箱館を後にしたのは明治二年（一八六九）四月初めだったが、市中にすでに桜がほころんでいたのだ。遠い昔のことのように思えるが、今はたぶん満開だろう。

あの時すでに市中は騒然としていた。新政府軍の艦隊がついに津軽海峡に姿を現し、箱館に向かうようだという。

五稜郭政府は、すべての外国船に湾内から出るよう、指令を出した。

それを受けて各国領事は市中在住の外国人に対し、湾外に碇泊する船か、または青森方面に避難するよう緊急指示を出した。

外国人のすべての家々は、屋根に国旗を立てた。

幸四郎はふと思い出し笑いをした。最後にイギリス領事館の官員に会った時、こう言っていたのだ。

「支倉さん、ブラキストン大尉、何とかなりませんかね。カンカイ号のウイル船長が幾ら勧めても、頑として避難しないそうですよ。あの海辺の家で、砲撃戦を見物する気ですかね」

ブラキストンは砲兵隊だったから、馴れているのだろうと幸四郎は言った。湯川方面に、愛妾がいるという噂もあったが、真偽は定かでない。

また、一般町民には、戦火に巻き込まれぬよう避難命令が出されていたため、道には家財を積んだ大八車や避難する人々が溢れかえった。沿道の桜は誰にもかえり見られず、ひっそりとほころんでいた。

情報によれば敵軍は正面衝突を避け、四月九日、江差沖に現れたという。第一軍は江差より少し北の、乙部《おとべ》港に上陸した。その数二千人である。

軍勢はその後、どんどん膨れ上がった。

十二日、第二軍の長州、薩摩など二千。

さらに黒田清隆《くろだきよたか》率いる第三軍二千、清水谷公考率いる第四軍二千が、日を追って続々と上陸することになる……。

翻って榎本軍は、総勢でせいぜい三千人止まり。減りはしても増えることはないのだ。その兵を、箱館、室蘭、鷲ノ木、江差、松前、木古内《きこない》、矢不来……等の上陸予想地に、少しずつ分散して駐留させなければならぬ。

苦慮した榎本総裁は兵力集中を決断。松前と箱館のちょうど半ばに位置する〝木古内〟に大鳥圭介隊を、江差山道の〝二股口《ふたまたぐち》〟に土方歳三軍をさし向け、守備隊を強化した。

幸四郎はこの二股口守備に志願したのである。この時から髷を切り、ザンギリ頭となった。

江差山道とは、渡島《おしま》半島の山岳地帯を東西に横切る、古くからのニシン道路である。江差と箱館を結ぶ最短の要路で、日本海で獲れたニシンを箱館に運ぶ商人や、旅芸人が盛んに往来した。その道の真ん中辺りに、北の鷲ノ木に向かう分岐点があり、そこが二股口だった。

ここを越すとあとは箱館まで一本道となる。官軍の本隊は、必ずやこの幹道をなだれ込んでくるだろう。

幸四郎は、箱館奉行永井玄蕃のもと市中守備に就いていたが、西の二股口や南路を阻む木古内が陥《お》ちない限り、市中は大丈夫だと判断したのである。

古河原と気賀も同じ理由から、すでに木古内の前線に出ている。

現場に到着した土方歳三は、すぐさま急峻な地形を見て回った。

山間をぬう江差山道の中でも、二股口は袴腰岳《はかまごしだけ》と桂岳《かつらだけ》の間を走り、近くには台場山《だいばやま》が迫っていて、その裾にはチシマザサや低い灌木が生い茂っている。

土方は、その道を取り囲む両側の台地の斜面に、十六か所の塹壕《ざんごう》や堡塁《ほるい》を張り巡らし、互いを通路でつないだ。

前哨《ぜんしょう》基地を天狗岳《てんぐだけ》として少数の守備兵を置き、

「敵が現れれば、果敢に迎え討て。だが途中からじりじりと退却せよ。勢いにのって追い打ちをかけてくる連中を、奥の台場山まで誘い込むのだ」

台場山の急峻な山肌には所狭しと塹壕が築かれ、ミニエー銃を構えた土方本隊三百人が待ち構えているという寸法だ。

幸四郎はその台場山の塹壕に潜んで、土方の二段構えの作戦に心躍らせていた。

いずれはこの戦で死ぬ身なら、銃を取って前線に赴き、榎本の〝難民王国〟の礎《いしずえ》となって潰《つい》えたいという思いがある。歴戦のこの土方の指揮でどこまでやれるか、お手並み拝見の思いもどこかにあった。

山の天気は変わりやすい。朝のうち晴れていた空が、いつの間にか暗くなり、午後にはポツリポツリと雨が落ちてきた。

雨に弱い塹壕は、密密と茂る木々の枝に覆われるよう築かれていたが、すぐに陣笠や洋式の天幕が配られた。

八つ半（三時）、遠くで銃声が聞こえ始めた。

「天狗岳を越えた敵は、ほぼ六百、もうすぐやって来る」

という声がして、伝令かと思いきや、そばに総督土方が立っていた。

「ぎりぎりまで引き付けろ、合図があるまで撃つな」

よく通る声で言い、隣の塹壕に移っていく。かれは常に最前線にいると聞いていたが、なるほど評判通りだった。

やがて下の山道に退却してくる味方の兵が見え、それを追って敵軍が姿を現した。うねうねと木の間隠れに見える山道に、津軽、松前、長州……の軍旗がはためいている。

山道は次第に細くなるはずで、そこまで引きつけるのだ。

狙いを定めて、待つ。逸る心を押さえ、ひたすら待った。

道は馬が一頭通れるほどの天峡にさしかかり、シンと静まり返って雨の音だけが響く。突然どこかで、バサバサッと鳥が飛び立つ音がした。

知らぬ間に危険地帯に踏み込んだ……と察したのだろうか、先頭の騎馬隊がいきなり駆けだし、強行突破を企てた。

そのとたんだった。

台場山からすさまじい爆音が轟き、小銃が一斉に火を噴いた。次々と騎馬兵が馬から転がり落ち、歩兵がバタバタ倒れた。

「撃て！　撃って撃って撃ちまくれ！　弾はいくらでもある！」

そんな土方の声を聞いたように思った。

幸四郎は両手で支えたエンフィールド銃の引き金を夢中で引いた。雨が激しくなり、飛沫《しぶき》で視界がぼやけてくる、だが構わず引き金を引き続けた。

敵兵はいったん退いたが、すぐに態勢を立て直して撃ち込んでくる。天狗岳の前哨基地は落ちたらしく、後続部隊が続々と現れた。

塹壕からは、一時も休まず銃が火を噴いた。敵は退いては攻め、銃撃されては退く、その繰り返し……。撃っても撃っても蟻のように新政府軍は攻めてきた。

こんな辺境に追いつめられた賊軍どもに、最新鋭の装備の官軍が負ける道理がないとばかりに、これでもかこれでもかと、新手《あらて》をどんどん送り込んできた。

だが思いがけぬ反撃に驚き、なに、窮鼠《きゅうそ》が猫に最後の抵抗を見せているだけだ、とばかりまたさらなる攻撃に拍車をかけてくる。

攻防戦は夜になっても止まず、味方は一歩もひるまなかった。

幸四郎は昼頃に乾飯《ほしいい》を食べたきりだが、補給隊は銃撃に加わっているのか、夕飯時になっても何も回ってこない。だが空腹は感じず、熱くなった銃身を冷やすため桶に汲んである谷川の水で、銃身と乾いた喉を潤した。

(この砦はまるで〝神の座《くら》〟だ)

硝煙の匂いたちこめる中、痺《しび》れるような頭でかれは思った。

京市中の冷徹な斬り込み隊長として評判だった土方が、こんな蝦夷山中に難攻不落の砦を築き、敵を寄せつけないことに目を開かれる思いがした。

そんな土方を兵たちは慕い、命を預けているのがよく分かる。幸四郎自身、この総督の下であれば負ける気がしないのだった。

雨が激しく降りしきる深夜の台場山、止まずに鳴り響く銃撃音。深いねっとりした濃闇の中で、攻撃目標は、相手方の銃口に噴く赤い火である。向こうも同じだから、引き金を引くとすぐ伏せた。

無限に続くと思われた闇の底がようやく白み、山は払暁《ふつぎよう》を迎えたが、銃声はなおも続いた。やっと銃声がまばらになり、途絶えたのは、陽も昇った五つ（八時）頃だった。

皆は塹壕を出て斜面を滑り下り、敵はすでに逃げ散って人っこ一人いないことを確認した。

苛烈な銃撃戦は終わった。

見張によれば、死傷者の増えた新政府軍は、夜明け頃から密かに退却を始めたようだ。無傷の将兵らは怪我人をかついで山を下り、二里ほど後方まで撤退したという。

朝の光の中で見る皆の顔は、硝煙をかぶって真っ黒け。雨で泥が崩れ、全身泥だらけ。足は冷たい泥水に浸かってかじかんでいる。

「もうすぐ風呂が沸く、順に入れ！」

という声がして、ほっとした。

土方は山頂近くに、外国商人から調達してきた洋式天幕を張って、守備隊の野営地を作っていた。そこには救急施設や、風呂までも作られていたのだ。

土方隊の撃った弾数はおよそ三万六千発。

死者は一人だった。

二

嘘のように晴れた日が続き、山桜が咲き始めた。

二股陣地では、酷使した身体の手入れや塹壕の整備に余念がない。

司令部幕舎に陣取る土方は、主だった士官を集めて開く軍議の席上、伝令が持ち込むさまざまな情報を伝えた。

新政府軍の援軍が続々と青森に集結しているらしい……、内地から届いた弾薬は数十万発に及ぶようだ……と。皆はただ黙々と聞いた。

味方の敗報もまた、次々に入っていた。

まず驚いたのは、十七日、人見勝太郎の守る松前城が陥落《かんらく》したことだ。官軍艦隊が松前沖に集結し、海上から襲撃して陥《お》としたという。

さらにかれらは二十二日、木古内陣地に襲いかかり、大鳥圭介らは敗走したらしい。その激戦で、松前から逃れて合流していた遊撃隊長の伊庭八郎《いばはちろう》が、瀕死の重傷を負ったともいう。かれは心形刀流《しんぎょうとうりゅう》の宗家で、片腕の美剣士だった。

軍議の席で土方は、初戦で気になったことを戒めた。

次回は、特に夜襲を警戒するべきだと。この砦は急峻な崖の上にあるが、夜陰に乗じれば這い上れる斜面である。

「ただ向こうは物量豊富だから、長引くと不利になる。籠城《ろうじょう》態勢は避け、なるべく討って出るべきだ」

「それについては私に少し考えがあります」

と幸四郎が申し出た。

「ほう? 何だ、それは」

土方は興味ありげに、この物怖《ものお》じしない幸四郎の顔を見た。

「いえ、前回の総督の作戦のいただきです……。最初は徹底的に撃退しますが、途中から、わざと隙を見せるというやり方です。抜刀隊が時々飛び出し、敵を誘っては、砦に逃げ込む。焦《じ》れた敵がいよいよ大挙して這い上がってこれるよう、射撃もゆるめるとか……。頃合いをみて、突然砦から二、三百が白刃かざして討って出て、白兵戦に持ち込むという算段です」

「ははは、似たようなことを考えるものだな。よしよし、それは採用だ」

土方は笑って頷いた。

かれは斬り込みを最も得意としているし、この守備隊には、幕府の剣術指南だった剣の達人今井信郎《いまいのぶお》もいた。かれは密命を受け京都見廻組に入って、坂本龍馬暗殺に関わったと囁かれている。

「その先駆けの抜刀隊は、われら伝習士官隊にお申しつけください！」

さっそく名乗りを上げたのは、箱館から援軍として到着したばかりの伝習士官隊長である。この滝川充太郎《たきがわみつたろう》はまだ十九歳の気の逸った若者で、率いる隊員も猛者《もさ》ぞろいだった。

「ただし、総力戦で負ければ砦は陥落ですぞ」

と誰かが言うと、土方が頷いた。

「その覚悟でかかれ。だが負けはしない。斬り込み隊長はこの土方だからな。射撃名人を百人、援護のため残し、抜刀組二百で討って出る。ついては剣の腕に自信ある者を二百、あらかじめ募っておいてもらいたい。斬り込みの時機はまかせろ」

いよいよ二股口攻略に向け、山桜の咲く山道近くに大軍が集結し始めた。

新政府軍の威信にかけても、今回は勝って、箱館に攻め入らなければならぬ。かれらには勇猛な薩摩軍八百人が新たに加わり、前回の汚名をそそごうと奮いたっていた。

二十三日は、朝から霧がたちこめていた。

二回めの二股戦の火ぶたが切られたのは、午後遅くになってからだ。山間を満たす静かな濃霧の中から、凄まじい銃声をとどろかせつつ敵が突撃してきたのである。

「来たぞ！」

と土方軍も戦闘態勢に入る。

怒濤《どとう》のように攻めて来る敵兵は、銃撃されて倒れる者を踏み越え、撃っては退いて新手を繰り出し、その銃声はとどまることなく蝦夷の山野を震わせた。

これを迎え討つ側では、総督土方の巧みな指揮ぶりが際立った。

幸四郎のような初心者は塹壕に潜ませ、今井のような精鋭は戦場を自由に泳がせた。かれらはあちらに隠れ、こちらに潜んで撃ちまくり、千変万化の戦ぶりで敵陣をかく乱させたのだ。

　両軍は一歩も譲らず、銃弾が雨あられと飛び交った。

　塹壕にいる幸四郎は、前回同様に長時間の連発に焼けた銃身に、谷川から汲み置きの水をかけて冷やしつつ、撃ち続けた。

　夜ともなれば、土方は塹壕を回って酒を配る余裕を見せた。

「今は一杯だ、後は戦勝祝いにとっておく」

　そんな自信ある姿に、皆は安心するのである。

　眠る間もなく明けた翌二十四日午前、想像を絶することが起こった。

　朝の光に白刃を煌《きら》めかせ、敵陣に討って出た者がいる。

　士官隊長の滝川だった。援軍で来た以上功を上げなければ、と逸ったのだろう。命知らずの猛者が数十人、雄叫《おたけ》びを上げてそれに続いた。その勢いたるや凄まじく、幸四郎は援護も忘れて目を奪われたほどだ。

　前線にいた敵兵はその迫力に恐れをなし、総崩れとなって後退した。慌てた敵士官が懸命にそれを押しとどめる姿が、砦から見えた。

　その士官は果敢に砦に向かって来たが、誰かが撃った一発の弾丸にその胸を打ち抜かれ、倒れて動かなくなった。

その様を遠くから見ていた滝川は死体に駆け寄り、馬乗りになった。敵はもう死んでいるぞ、と息を呑んで見るうち、若い滝川は暗い激情に呑み込まれたらしい、やおら死体の顔に刀を突き立てたのである。

一瞬、皆は仰天した。滝川は死体の目玉をくり抜き、顔の皮をはいでいる……。

これを見て塹壕を飛び出したのは、伝習歩兵隊長の大川《おおかわ》正次郎《しょうじろう》だった。

「これは総督の命令であるか！」

とかれは体当たりせんばかりに激しくなじった。

われに返った滝川は、顔を引きつらせ身震いし、立ち竦んだ。鬼畜のごとき振るまいを自ら恥じて自傷行為に出るか、と皆が息を呑んだ。

その一触即発の緊迫した只中へ、土方が飛び込んで行った

「大川君の言、もとより理《ことわり》がある。だが滝川君の勇もまた壮ではないか」

土方はとっさにそんな言葉を放った。両者を褒めたのである。

その一言で救われたらしい、滝川は静かに刀を収めた。

白昼夢としか言い様のないその光景……。

それは幸四郎をも、どこか逸脱した気分へ追いやった。ここは陽光うららかな地獄

だ。皆、亡者だ。自分ももう死んでいるのかもしれない……。

手が焼けるほどの絶え間ない銃撃と、耳がガーンとする銃声音に、確かに理性が飛んでいた。理性が死ぬと、胸底の何かが頭をもたげ、制御し難くなってしまうらしい。

もうじっとしているのは嫌だ、自分も白刃を振りかぶって斬りまくりたい……そんな激情に襲われ、飛び出したくなるのだった。

だが幸四郎は深呼吸して空気を吸い、水を一杯呑んだ。

まだ死んではいない。水は冷たく、空気には緑の匂いがする。

自分を取り戻して銃を構えた時、今まで見えなかった敵の姿が見えた。白昼夢ではない。いつの間にか十数人の兵が、楯で身を護りながら斜面を上がってくる。

思わず幸四郎は刀を抜いて立ち上がった。

「立つな！」

という声がして、誰かが幸四郎の足を引っ張った。

その瞬間、ビュッという音が耳のそばを掠めた。

何かが焦げるような匂いが鼻を掠め、身体が痺れ、フッと力が抜けた。一瞬、死ぬ……と思った。

目を開けたが真っ暗で、死んだのだな、と思いつつ暗い闇に沈んだ。

三

……何かを必死でかき分けていた。

ガサガサ……とかき分けているのは、大千軒岳の裾野に生い茂るチシマザザのようだ。先導するのは彦次郎だ。熊が出るぞ、気をつけろ、鈴を鳴らせ……。

そんな声にふっと目を開くと、白い天井が見えた。真新しい天井で、鼻をおおう薬の匂いの中に木の香が混じっている。

「やっ、気がついたか」

よく響く声が聞こえ、自分を覗き込んでいる端正な顔が視界に入った。はっとして身を起こそうとすると、その男が肩を押さえた。

「安心しなさい、ここは箱館病院、私は医師だ」

そうだった、とかれはぼんやり思い出す。

山ノ上町にあった箱館医学所は、榎本軍に接収され、改築されて箱館病院となったのである。その頭取には、開陽丸に乗ってきたフランス帰りの若い医師がなっているはずだった。

「名前は言えるかね」

「はい、わが名は支倉幸四郎……」

「結構結構。さて今日は何日か」

「………」

「四月二十六日だよ、きみは一昨日の夜ここに運ばれてきた」

自分はここにすでに二日もいたのか……。

どこかへ運ばれたのは知っていたが、激痛のため何も考えられず、何度も目覚め、また闇の中を彷徨《さまよ》ったように思う。誰かに何か処置されては目覚め、また眠りに落ちたのは覚えている。

「きみは左肩に銃創《じゅうそう》を負ったが、重傷ではない」

と医師は駄洒落めいて言い、微笑んだ。

「弾は左の肩を掠って、肩肉と骨を少々削っただけだ。それと右足を捻挫《ねんざ》している。しかし命に別状はない。頭や心臓に命中しなかっただけでも、きみは幸せ者だ」

「早く治してください。戦場に戻りたいのです」

うわごとのように言った。

「こちらこそ早く治ってもらいたい。最近は負傷者続出で、病院は溢れかえってる。

だがまあ、傷は当分は痛む。痛む間はじっとしていることだ」

と言って、医師は去って行った。

後で知ったことだが、その長身の三十四、五の医師が、箱館病院頭取の高松凌雲だった。

かれはパリ万博に出席する水戸藩主徳川昭武《あきたけ》の随行医として渡仏し、パリの医学校『神の館』で勉学中に幕府瓦解を知った。急ぎ帰国し、徳川恩顧の幕臣として、榎本脱走軍に身を投じたのである。

かれが去ったとたん、ドクンドクンと肩に激痛が戻った。すぐ駆けつけてきた若い医員が、痛み止めを処置しながら励ました。

「早めにここに後送されて、支倉さんは幸運でしたよ」

市内の何ヶ所かにある野戦病院の医師は、漢方医ばかりで、銃撃戦による銃創の治療は門外漢だという。

「刀傷と同じように傷口を縫ったり布で縛っては、傷口が化膿して、とんでもないことになります。その点、高松先生の治療は新技術ですから安心なされよ。鎮痛剤もよく効きますよ」

幸四郎は安心したように頷き、やがて溺れるように眠りに落ちた。

骨に損傷を受けたため、痛みはなかなか去らなかった。だが山を下りて数日で熱がようやく引き、杖をつけば何とか立って歩けた。下界は青葉の季節だった。

そんな四月の末日、かれはよろばうように海が見える所まで歩いた。何としても海を見、戦況を判断したかった。

湾には日章旗を掲げた軍艦が二隻しか見当たらず、外国船の姿もない。諸領事は厳正中立を表明しており、その安全のため、五稜郭政府は外国船の湾内侵入を禁じている。乗船や下船は、最寄りの港から小型船で行った。

ブラキストン商会のカンカイ号も帰港しているはずだから、今は沖合に碇泊しているに違いない。あの髭もじゃの頑固な大尉は避難しただろうか。

あれは回天と蟠竜か……と幸四郎は目を細めてその形状を見定めた。他の艦船はどうしたのか。

ここ二日ばかり鈍い砲撃音が遠く響いていたから、海戦があっただろうが、今日はそれも止んでいる。言い知れぬ不安を覚えつつ病室に戻ると、思いがけぬ見舞い客が待っていた。

前線にいるはずの古河原が姿を見せたのだ。一回り痩せてげっそりと頬がこけ、ざんぎりにした頭に白い包帯を巻いている。

「よう、幸四郎、生きておったか」

と潰れたガラガラ声で、かれはいつもの減らず口を叩いた。

「もう歩いてもいいのか？」

「いや、良くはない。悪いが、ちょっと横にならせてもらう」

幸四郎が床《とこ》に潜り込むと、古河原はそばに腰を下ろした。

「思ったより顔色もいいぞ。肩を撃たれたと聞いたんで、いよいよ年貢の収め時かと思ったが」

「生憎《あいにく》だったな。そっちこそ、その傷はどうしたんだ」

「なに、馬鹿な話でね。銃撃で崖が崩れ、石ころが頭に飛んできたんだ」

「念のいった話だ。しかし一体なぜここにいる。まさかおれに会うため山を下りたわけじゃなかろう？」

古河原は、大鳥圭介隊に加わり木古内陣地で戦っていたが、官軍に撃退されて敗走し、矢不来陣地に合流したと聞いている。

「矢不来が陥ちたのだ」

「ええっ？」

「不甲斐ないと思うだろうが、軍艦から物凄い艦砲射撃を受けた。陸であれば決死の迎撃もできるが、海上じゃ手も足も出ん……」

古河原は青ざめた顔を歪め、言葉を呑んだ。

このところ遠くに響いていた砲撃音は、それだったのだ。

そういえば昨日あたりから負傷者がどっと増え、この病院だけでは収容し切れず、近くの高龍寺の建物を借り受けて、分院としたと聞いている。

幸四郎はあれこれと頭の中に地図を描いた。

矢不来陣地は、湾を挟んで弁天砲台の対岸近くに位置する。その陣地が海上から攻撃されたとすれば、敵の艦船が、湾内に姿を現したということだろう。敵軍はこの矢不来から上陸し、湾伝いに箱館に攻め入るのは時間の問題か……。

そう思うと暗澹《あんたん》とし、胸が塞がった。

「気賀さんは？」

「丈之助か、あいつは……あいつは……」

と古河原は少し言い淀んだ。

「行方不明だ。足に怪我をしてたから、わしらと行動を共に出来なかった。たぶん山中に逃げたんじゃないか。アイヌの家族に助けられたなんて話もあるから、まだ希望はある」

「…………」

「ところで二股口は、撤退したぞ」

「何だと？」

幸四郎は半身を起こしたが、また押さえられた。

「いや、土方さんは二股砦を守り抜いた。その凄まじさは語り草になっている」

幸四郎が退いてからの激闘を、かれはこう伝えた。

あの日は散発的に斬り込みを繰り返したが、翌二十五日未明、土方はいよいよ精鋭の抜刀隊二百名を率いて、塹壕を飛び出したという。

両側の台地に潜む銃隊の援護を受けつつ、かれ自ら、刀を振りかざして突撃した。

迎え討ったのは長州軍だったが、土方隊の凄まじい気迫に恐れをなした。

先頭に立って斬りまくるのは、新選組残党や京都見廻組の今井信郎である。かれらは白刃戦に馴れ、めっぽう強い。

じりじり後退するのを、抜刀隊は十町にわたって山道を追撃した。この戦闘で敵の指揮官が討ち死にし、総崩れとなった。残留隊も加わっての総攻撃に、壊滅状態で敗走したという。

「ふーむ」

幸四郎は大きく溜め息をついて、天井に目を向けた。

それほどの不敗の指揮官が、なぜ〝神の座〟を下りたのか。

矢不来陣地が陥落したからだろう。東の関門が崩れたことで、敵はこちら側から江差山道になだれ込む。そうなれば二股口は西と東から挟み撃ちとなり、孤立してしまう。

もはや榎本は戦線を縮小し、五稜郭と箱館市中の守備に総力を集中しようとしているのだ、と悟った。

「土方さんは、伝令から撤退を勧告されても、すぐには肯《がえ》んじなかったそうだ。だが二股は連勝しても、他の陣地は総崩れだ。二股放棄は榎本総裁の苦肉の決断だと説得され、やっと応じたらしい」

古河原が帰ってから、幸四郎の脳裏に箱館の地図が浮かんでいた。

周辺のほとんどは黒く塗り潰されている。もはや箱館が、黒色に包囲されるのは時間の問題だと思った。

四

その後、新たに運び込まれてきた傷病兵の話から、大鳥圭介隊に数百人の脱走者が出たことを知らされた。矢不来から脱出し、命からがら五稜郭に帰営してみると、従う兵が半分に減っていたと。

では気賀丈之助も、脱走したのか？　古河原はあのように言い繕《つくろ》っていたが、本当は脱走なのか。いや、まさかあいつに限って……。

そんなことを考えて悶々とし、眠れぬ一夜を明かした。

その翌日、またしても予想外の見舞い客があった。

大部屋の入り口に立って中を見回し、幸四郎の方へ、大股に近づいて来る軍服がいた。ぼんやり辺りを見回して偶然その姿を視線に拾った幸四郎は、驚き打たれ、慌てて身体を起こした。

「……そのままそのまま。どうだ、傷の具合は？」

微笑を浮かべ気さくに声をかけて来たのは、土方歳三だった。

いつもの軍服に長靴で、日焼けした顔はいっそう引き締まり、目つきは鋭くなっていたが、その微笑は意外なほど優しかった。

「いや、弾が掠っただけの軽症です。このような所へわざわざ……」

言いかけると、手を振ってさえぎった。

「無理するなって。なに、そこの称名寺《しょうみょうじ》まで来たんで、顔を見たくなっただけだ」

称名寺はここから近く、新選組屯所があった。幸四郎が質問もせず頷くのを見て、二股の状況は知っていると察したのだろう。

多くを語らず病室を見回し、呻いている者に顔見知りがいないか確かめるように、次々と目を止めた。

「さすがに多いな。実はこの二階にも、もう一人見舞う相手がいる」

とかれは天井を見上げた。

「土方さん……」

呼びかけはしたが、思いが溢れて言葉が出なかった。礼を言いたかった。伏せろ……とあの時、足を引っ張ってくれた者がいた。あれは、土方ではなかったか。ただ、こんなくだけた土方を見るのは初めてで、あれもこれも話したい気分に駆られたのだ。

「まあ、しっかり養生しろ、話はそれからだ」

かれは笑い、額の近くに二本指を当てる洋式の挨拶をして、そのまま靴音をたてて歩み去った。

それが土方歳三を見た最後になった。

弁天砲台から繰り出す砲撃音が、毎日のように箱館山に谺《こだま》した。新選組島田魁《しまだかい》が指揮するこの砲台は、七門の大砲を有し、箱館を護る最後の砦だった。砲台は湾に突き出た弁天岬にあり、このおかげで敵艦は湾内深く入ることができずにいた。

朝から雨の降りしきる五月初めの日、箱館病院の高松頭取は、広い病室に動ける傷病者を呼び集めた。現在の戦況と、今後の心得を伝えるためである。

「箱館をめぐる戦況はいよいよ深刻になり、いつ官軍が攻め入ってくるか分からぬ状態になった。官軍が上陸すれば、この病院にも必ずや兵が乱入してこよう」

と高松は淡々と言った。

「五稜郭本営もそのことを憂慮し、軍艦『千代田形《ちよだがた》』と和船を準備し、負傷者を室蘭へ脱出させるむね勧告してきている。希望者は名乗り出てもらいたい」

皆は静まり返って、高松の次の言葉を待った。

「しかしながら私と医員らは、当病院を一歩も動く気はない。負傷して戦闘力のない者に敵味方はなく、その命を護るのが医師の本分と信じるからだ。実際に私は、敵兵六名を入院させて治療し、津軽方面に送り返しておる。私が医学を学んだヨーロッパ諸国では、それは当たり前のことだった。私もまたその道理を信じるゆえ、医師としてここに残り、傷病者を護るつもりだ」

するとき聞き入る者たちから、遠慮がちな質問が飛び出した。

「神の福音《ふくいん》を説くヨーロッパとは、考え方が違いませんか。こんな状況下では普通、士分の者は殺害されます」

「しかし諸君にとっても、〝武器を持たぬ負傷者には手を出さぬ〟は常識であろう。それが道理というものだ。敵兵といえども人間だ、道理を訴えて分からぬはずがない。私は身をもって敵兵に道理を訴え、患者たちの助命を乞うつもりだ」

「必ずしも、道理が分かる連中ばかりとは限りますまい」

と皮肉な言葉を吐く者がいた。

「確かにその通りだ。不運にもそんな連中にぶつかったら、それも運命と思うしかない。私は死を覚悟しているが、諸君もここを最後の戦場と心得て、覚悟してほしい。不安のある者は遠慮なく申し出てくれれば、脱出の手続きをとろう」

高松の言葉に皆はしんとして、異を唱える者はいない。

「では、諸君が私に従ってくれるものとして、次のことを申しおきたい。官軍がなだれ込んで来たら、絶対に抵抗してはならない。刀や銃はすべて私が預かる。どんな侮辱を受けようとも、身動きせず、嵐が通りすぎるのを待つように！　動けず、無抵抗の者を、敵が手をかけることはない」

幸四郎はこの演説に深く感動していた。

殺害と略奪ばかりと思える戦場にも、一筋の道理を説き、我が命をかけて他の命を護る医師がいるのだ。その姿は、杉浦奉行を思わせた。医師は何百人もの瀕死の重傷者の治療にあたる上に、傷ついた者を戦乱から保護し、さらにこの食材調達の困難な時代、入院者全員に朝夕の食事を出すという重責をも担っている。

五稜郭政府は今や、住民から疎《うと》まれていた。開陽丸の沈没とともに莫大な軍資金が沈んだと言われ、財政難に陥って、住民から加分な税を取りたてていたからである。

榎本武揚をもじって〝榎本ブヨ〟と揶揄《やゆ》した張り紙を見たこともある。

そんな中で、日々、一体どのように食材を調達しているのか、幸四郎には想像もできない。ただただ有り難いことだと思った。

医員が皆から武器を取り上げるのを見届け、部屋を出た高松を、幸四郎は呼び止めた。

「自分はもうこの通り歩けます。退院願いを出したいのですが？」

高松は、幸四郎の松葉杖に厳しい視線を向けた。

「結構なことだが、もう少し辛抱しなさい」

「じっとしていられないのです」

「きみが戦場に出たら、皆が迷惑を被《こうむ》ることになるから言うのだ。その代わり……と言っては何だが、少々協力してもらいたいことがある。本院には重病者を入れたいので、回復しつつあるきみには、高龍寺分院に移ってもらいたい」

ああ、あの寺かと思った。あそこには懐かしい人の思い出があるし、毎日でも拝みたい墓もある。

「結構ですとも！」

すかさず請《う》け合った。

高松は愁眉を開き、端正な顔を和《なご》ませた。

「私はこれから分院に行き、今と同じ演説をして、患者に留まってもらうつもりだ。医員が二人ばかり駐留しているが、もし敵が乱入してきて患者が騒ぎだした時など、鎮静に協力してもらいたい」

五

激しい雨が上がるのを待って、四日、幸四郎は高龍寺に移った。

ここは病院よりも海寄りで弁天砲台が近いため、砲声がズシンズシン……と腹に響く。戦がより近く感じられた。

その弁天砲台から運び込まれた瀕死の負傷兵の中に、奉行所時代からよく知る栗田剛次郎がいた。

かれは松前攻略の後、弁天砲台に配属されたが、今朝、敵艦の猛攻撃を受けて被弾したという。

苦しい息の下から、かれは驚愕の事実を伝えた。

砲台に備わる大砲七門のうち、六門が使用不能だというのである。

昨夜、市中在住の鍛冶職人が敵の密命をおびて砲台に忍び込み、火門に釘を打ち込んで破壊した。今や使える砲台は一門のみであると。

敵軍は難攻不落の弁天砲台を、内部から切り崩した上で、未明から猛攻を仕掛けてきたのだった。

味方の軍艦は『千代田形』が拿捕《だほ》され、『回天』は砲弾を浴びて運行不能に陥っている。絶望的なのは海上ばかりでなかった。陸上でも、新政府軍は江差山道を制覇《せいは》し、二股口から怒濤のごとく亀田平野へと進軍しているという。

十一日も早朝から、湾内に砲声がとどろいた。

戦況を高台で見てきた者が興奮して言うには、町から出ずに山で野営している町民も少なくなく、そんな人々が高台に集まって、海戦見物を楽しんでいたという。

港内に侵入して来た敵艦は『朝陽《ちようよう》』と『甲鉄《こうてつ》』、それを迎え撃つのは『蟠竜』で、果敢に対戦しているという。今や榎本軍で、動ける軍艦はこれだけだった。

幸四郎はいつか郁と登った高台までの坂道を、杖で身体を支えながら、何とか登ってみた。

そこにも二、三人の患者が見物していて、興奮の声を上げた。

「蟠竜が、やってくれました！　朝陽は撃沈ですよ！」

港には砲弾が炸裂して赤い火柱が立ち、黒煙が渦巻いている。

だがこの時、幸四郎はふと耳をそばだてて立ち竦んだ。市中から、銃声が盛んに響いている。それが北の亀田方面ではなく、近くの箱館山方面から降ってくるのを聞き逃さなかった。

(いよいよ敵軍が、市中深く攻め入ったか?)

不吉な予感に、腹が引き締まる思いで坂を下り、医局に当てられている小部屋に駆け込んだ。そこには若い医員の畑中《はたなか》が、茫然としたように突っ立っていた。

「戦局に、何か変化があったんですか?」

「あっ、たった今、奉行所の方が馬で来られ、帰られました」

幸四郎の姿を見て、かれはうわずった声で言った。

「敵軍が箱館山後方から上陸し、市中の陣屋に奇襲をかけたと……」

「ええっ、背後から上陸ですと?」

足が震えた。

去年、知内からの帰りの船を乗っ取られ、箱館山の裏側に着けたことを思い出す。あの辺りは絶壁で上陸不能と思われているが、寒川という小集落があり、釣り人がよく通るケモノ道もある。

そんな道を辿って崖をよじ上れば、頂上の千畳敷《せんじようじき》に出られよう。

それは想定外の奇襲と言われるが、地元では決して盲点ではない。少なくとも幸四郎は気づいていたのだ。一度ならず箱館山背後の警備強化を進言してきたが、海に囲まれた箱館は守備範囲が広く、そこまで手が回らなかった。

「敵が箱館山を這い上がって来る時は、わが軍が陥落する時」と言われ、頂上に見張り程度の守備隊を置いただけだった。

「今日は、官軍が総攻撃をかけてくるから、一歩も外に出ないようにと。もし敵兵が乱入してきたら、決して軽はずみな行動をしないよう、くれぐれも注意して行かれました」

「皆には伝えましたか」

「いま病院掛の堂本《どうもと》さんと病室を回ったんですが、皆怯《おび》えて刀を返せなど騒ぎだし、ようやく抑えたところです。どうしたらいいのか……」

畑中医員が青ざめた顔で言った。

「抵抗しなければ大丈夫だから、何もしないことです。病室から出ないよう、抵抗しないよう、皆に徹底させてください」

言いながら幸四郎は別のことを思っていた。海から、二股口から、箱館山裏から……いよいよこの町は包囲されたのだと。

頭の中の地図はすっかり黒く塗り潰され、白く残っているのは只一つ、亀田の五稜郭だけである。

敵の市中侵攻で、急激に町は混乱状態に陥っていた。市内戦の激しい銃声が遠く近くで響き、集団で疾走する足音、馬蹄音、怒号が押し寄せてきた。

驚いたことに、こんな大混乱の中、ようやく磯六がやって来た。

家が延焼したため、ずっと近郊に避難していたらしい。福寿園の様子を見にやって来て、やっと幸四郎からの伝言が伝わり、いろいろの薬や着替えを持って来たのだ。

「こんな時に来るやつがいるか、危ないから早く帰れ」

と幸四郎は叱った。

「すぐ帰ります。しかし怖いもの知らずはどこにもいるもんですねえ。夜は家に帰り、昼は山に避難して、海戦を見物する町人が大勢いるみたいですよ」

と磯六は荷をまとめながら言った。

「そうそう、あのブラキストン大尉さんも、家の中にうろうろしていたそうですよ」

太陽が箱館山の背後に隠れる時分、山門の辺りが騒がしくなった。閉ざされた表門を破って、官軍が境内になだれ込んできたらしい。

かれらは寺の中に土足で踏み込み、敵がいないか探索し始めた。野戦病院として使われている大広間には、抜刀した十数人が足音も荒々しく乱入して来た。

「掛りはいるか、この者らはどこの隊だ？」

先頭にいる痩せぎすの、目ばかりぎょろつかせた無精髭の士官が、殺気だって怒鳴り散らす。

すぐそばの布団に横たわる幸四郎には、その抑揚から松前あたりの訛と知れた。微かに頭をもたげ薄目を開いてみると、陣笠の紋章や軍旗からして、松前と津軽の軍である。

「ここは箱館病院の分院です！」

若い病院掛が、その前に立ちはだかって叫んだ。

「箱館病院は、賊軍の病院だべな」

「ここにいるのは、傷病兵ばかりです。動くことも出来ず、武器もありません。この通り無抵抗だから、危害を加えないでいただきたい！」

二つの大部屋にズラリと敷かれた布団には、包帯だらけの傷病兵が横たわっている。伏せられる者は両手を畳に伸ばして伏せ、肩や腹に負傷している者は、仰向けで両手を伸ばしていた。瀕死の者さえも、両手を見せている。

「何をグズグズしておるか、榎本の手下だ、斬れ斬れ！」

と頭領らしい男が乗り込んできて、しゃがれ声で吠え立てた。松前は榎本軍によって壊滅させられ、城主までも死んでいるため、憎しみが深いのだ。

「無抵抗の者を斬るのですか？　負傷者の助命は万国共通の……」

「ふざけるなっ、さんざん味方を殺してきたやつらだ、情け容赦はいらん！」

実は本院の方にはすでに薩摩軍が押し入ったが、高松頭取の捨て身の説得に、深く感じ入った指揮官がいた。

「負傷者を敵味方なく保護するのは医術の本道、戦えぬ者を殺傷するのは武人のやることではない」

とその将校は頷き、荒ぶる手勢を制して、いっさい危害を加えずに立ち去ったというが、そのことはまだ分院には伝わっていない。

だがこの松前・津軽軍には、聞く耳を持つ〝人物〟がいなかった。寄せ集めの無頼の徒には、道理は通じない。

「死に損ないでも賊は賊だ、殺《や》っちまえ」

「遠慮なく斬れ、火をつけろ！」

頭領の命令に、ワッと兵士は雄叫《おたけ》びを上げて布団を蹴り上げ、メッタ斬りを始めた。

「やめてください、やめるんだ……」

むしゃぶりついた医員が、真っ先に血祭りに上げられた。

逃げ惑う負傷者らは、一斉に壁際まで這って行き、武器を持たぬ両手を壁に貼りつけて助命を乞うた。

六

同じく壁際まで退いた幸四郎は、目で近くの栗田を探してぎょっとした。

動けないかれは、つい今まで両手を出して布団に横たわっていたが、怒号を上げて斬りかかる津軽兵から、刀を奪おうとしているのが目に入ったのだ。

幸四郎の脳裏で何かが切れた。抵抗するな、一人の抵抗が全員の破滅につながる……の高松の言葉が砕け散った。とっさに身を屈めて飛び出すや、その兵の急所を蹴り上げた。のけぞった男から刀を奪い、袈裟懸《けさが》けに斬り下ろす。

返す刀で、襲いかかってきた頭領の腹に突きかかった。

「賊だぞ！　賊がここにおる、逃がすな！」

血飛沫《しぶき》を上げての頭領の絶叫、怒号。どこか遠くから、トンヤレナ……の歌声が聞こえていた。

幸四郎は脈絡もなく、入院患者から聞いた話を思い出す。松前に侵攻してきた敵兵は、トコトンヤレトンヤレナ……と歌いながら進軍してきたという。この歌が箱館中に響く時が、陥落の時だろう。

幸四郎は鮮血に染まって倒れ伏す栗田を目に収め、向かってくる兵とは反対側の出口に飛び出した。

奥に続く廊下はこんな時でも薄暗く密やかで、その先にいつか和尚や郁と会った小部屋がある。

だがかれはそちらとは反対の廊下を走り、裏庭に飛び下りた。

外にはもう夕闇が漂っている。背後に迫る追手の足音を耳にして、縁の下に潜り込み、一団がドドドッ……と縁側を駆け抜けるのをやり過ごした。

砂利を敷き詰めた境内には、すでに兵が充満している。この分では表門も裏門も塞がれていよう。あの墓地が閃いた。

右往左往する兵たちを包む夕闇を味方に、縁の下に隠れ、また石灯籠の陰に潜んで、じりじり墓地の入り口に近寄った。

今は足の痛みも、肩の痛みも感じなかった。かれは砂利道を走り、墓地に飛び込んだ。湿った夏草の匂う中を、高台に通じる坂道に踏み込んだ時、叫び声がした。

「賊だ、賊が墓地にいるぞ！」

坂の上に出口はあったろうか。どこから出られるか、と不安な思いを巡らしつつ、幸四郎は懸命に坂を駆け上がる。

「逃がすな、追いつめろ、殺せ！」

上の空地まで着くと、赤く燃える海が見えた。その時、茂みでガサガサと音がする。

ぎょっとして足を竦ませると、聞き覚えのある声がした。

「旦那さん、わしですよ」

薄暮の中に現れたのは、顔なじみの寺男で、よく境内で落ち葉を掃き出している臼吉だった。幸四郎が単身で騎馬で乗りつけた時など、よく馬の世話をしてくれる。

「こっちに来なせえ」

囁いて臼吉は腰を屈め、今出て来た灌木の茂みにまた這い込んだ。今まで気がつかなかったが、茂みの陰の板塀には、木々の枝や蔓草に覆われた低い朽ちかけた木戸があったのだ。

どうやら臼吉は、そこから夜な夜な出入りしていたらしい。かれに続いてその木戸を這い出ると、寺の敷地の上を東西に走る大通りだった。そこに立ってみて、幸四郎は大きな衝撃を受けた。

宵空《よいぞら》全体が真っ赤だった。

すでに箱館は炎上している。町も海も、燃えているらしい。空が赤黒く染まって、煙の匂いがそこら中に充満していた。

「総攻撃があったのだな?」

と思わず臼吉に訊ねた。

「へえ、何でも……山の裏側から三百、この奥の穴澗から五百が上陸したそうだでね。大森浜沖からは敵艦が砲撃しかけたようで、もう箱館はお終《しめ》えだべな。これから旦那、どちらへ逃げなさるだ?」

「五稜郭だ」

オウム返しに言った。頭の中の地図はほぼ塗り潰され、白く残るのは五稜郭だけだ。

「そりゃ無理だべな。一本木関門までは敵兵でいっぺえだそうだ。わしの家はすぐそこの山背泊だで、一緒に来なせえ」

「私は五稜郭に向かう」

棒を呑んだように繰り返した。すると臼吉は屈んで履いていた草鞋《わらじ》を脱ぎ、押し付けてくる。

今になって気がついたが、幸四郎は裸足だった。肩から胴にかけて包帯を巻いた身体に、病院着の紺色の作務衣《さむえ》を纏っている。

「困ったらガンガン寺に行きなせえ、匿ってくれるって噂だで」

ガンガン寺とはロシアのハリストス正教会のことである。そういえば高松頭取が、ロシア領事が傷病兵の保護を約束してくれたと言っていたようだ。

その時遠くから人の走ってくる足音がし、叫び声が聞こえた。

「お寺が燃えてるぞォ！」

振り返ると、墓地の下が赤く燃え上がっている。

「お達者でな！」

と言うなり臼吉は引き返し、裸足で今の木戸に姿を消した。

幸四郎は草鞋をしっかりとつけ、五稜郭目ざし走りだす。

榎本総裁は、五稜郭に籠って徹底抗戦して果てる気だろう。自分もまたそこに参じ、五稜郭で死にたいと思う。

特に燃えているのは、運上所や沖の口番所がある、湾岸の一帯のようだ。昼間に激戦があったのだろう。殺気立った人々が集団で駆け抜けていくのを、木の陰や、用水桶の陰に潜んで見送った。

疲れてくるとようやく足や肩が痛みだし、速度が急に鈍る。

だがかれは、港湾地帯に密集する官軍を避け、大森浜沿いに湯川まで通じる海岸通りまで、何とか出ることが出来た。

しかしこの通りも官軍に制圧されていた。

町を焼く火事の炎が、夜道を明るく照らし、すでに家々の燃え尽きた所だけが暗黒の影になっている。

優美な孤を描いて湯川に続く長い大森海岸も、戦禍《せんか》に晒されていた。今日の昼間、官軍の軍艦がこの沖に現れ、海上から町を砲撃したというから、その後には小船で兵が上陸し、斬り合いもあったのだろう。浜に立っていた掘立て小屋などはほとんどが燃え尽き、残骸が赤黒くいぶっている状態だ。

その土手の下の暗闇に沿って、幸四郎は腰を屈めて進んだ。

しばらくしてガラガラと、荷馬車が諾足で通り過ぎて行く音がした。屈んで様子を見ると、銃を持った二人の雑兵が、その後を追いかけて行くのが見えた。

荷馬車は時々止まっては、また走りだす。

そっと窺いながらついて行くうち、どうやら事情が分かってきた。

路上に転々と転がっている戦死者の遺骸を、一人が銃でつつき、反応がなければ二人で抱え上げ、荷台に放り込んでいるのだ。

（そうか、死体収集車か）

よく見るうち、かれらの拾うのは官軍の軍服を着た死者だけで、賊軍の死骸は行く手を阻む邪魔者でしかないのだろう。無造作に足で蹴り転がし、道を開けていくのだった。

不意に閃くものがあった。

幸四郎は後をつけながら、様子を窺った。

二人の男が死骸に歩み寄って馬車を離れた時、幸四郎は走り寄り、気合いを入れて荷台に飛び乗った。隅を選んで死体の上にうつ伏せになったとたん、次の死体が放り投げられかれの身体を覆った。

合図の音で馬車は動きだす。二人の男は、路上の死体の選別に熱心で、荷台などは見もしない。懐に金目の物があれば盗み取るのだ。

生暖かい五月半ばの夜気は湿って、死臭に満ちていた。

この馬車はどこまで行くのだろう。この先のどこかの寺に穴が掘られていて、いきなりそこに放り込まれるのか。それともどこかの浜に集められて、焼かれるのか。

身体の上に積み重ねられた死骸の重みで、息が出来ず、窒息しそうだった。このまま動けなくなることを想像し、身震いした。

揺られながら飛び下りる頃合いをはかるが、もう少し連れて行ってもらいたい。

だが幾つもの騎馬隊や歩兵隊が、前方から後方から、通り過ぎていく。うっかり時を間違えれば、見つけられるだろう。

もうすぐ湯川という頃合い、かれは死骸の山をかき分け、馬車を飛び下りた。そのとたん、癒えていない足に激痛が襲った。

御者台の御者は、路上の死体ばかり見ている。幸四郎は走りにくい砂浜には下りず、道路脇の灌木や丈高い茂みの陰の闇の中を、腰を屈めて走ることにした。

ところが運悪くも死骸を探す御者の目に、たまたま走る者の影が止まったらしい。思いがけなく馬車は走りだし、追ってきた。逸《そ》れる横道はなく、しばらくは走り続けるしかない。

御者は勇猛な男だった。

荷台から死骸を振りこぼしながら、道端まで死体運搬車を寄せてくる。まるでそんな曲芸を楽しむかのように身を乗り出し、茂みが切れるのを狙い定めて、鞭をふりかぶった。

それが命中し、激痛が肩から下へ貫き、余波が全身に広がった。

「おーい、何だ何だ!」

突然走りだした馬車を、二人が叫びながら追いかけてくる。

「死体が逃げたぞォ、撃て！」

　幸四郎が土手から飛び下りるのと、銃声が響いたのはほぼ同時だった。弾は逸れたが、傷病兵のかれは砂浜にしたたかに転げ落ち、目も口も砂にまみれた。だが走らなければならぬ。

　目の前に細い川が流れていて、海に注いでいるのが薄明かりに見えた。そのそばに何か転がっている。死体だ。町を焼く遠い照り返しで、闇の底に微かに見えるのは、榎本軍の軍服のようだ。

　南無阿弥陀仏……。

　とっさに口の中で経を唱え、それを見やすい所まで蹴転がした。自分は土手に続く急な傾斜に、ぴったりと身体を付けて横たわった。

　頭上で馬車が止まる音がし、だみ声が降ってきた。

「あそこに転がってるぞ、あれだ！」

「死んだべか」

「ま、止《とど》めを撃っとけや」

　一発の銃声が、夜気を揺るがした。

　転がっていた死体が跳ね上がったように見えた。

「早く終えて一杯やるべえ」

「……に可愛い娘《こ》がおるぞ」

かれらは猥褻《わいせつ》な軽口を叩き合い、野卑な笑い声を残して、馬車が走り去る音がした。

七

灼けつくような渇きに、幸四郎は川まで這って行き、海に流れ込む川に首を突っ込んで水を飲んだ。

それから暗黒の砂浜に転がった。

全身が火で焼かれるように火照《ほて》っていたが、ブルブルと震えがくる。

熱が出ているのか、自分の運命に恐怖しているのか、よく分からない。確かなのは、ここはもう湯川だが、自分はもうどこにも辿りつけないということだ。どこか近くに榎本軍の野戦病院があるはずだが、そこまでも行けそうにない。

かれは大の字になって、黒煙たなびく夜空を眺めた。

とうに陽が没していることに、今さらながら気がついた。漸《よう》くこの一日が終わったのである。長い一日だった。

自分はもうこれ以上は戦えないと感じた。身代わりになってくれたあの死体には申し訳ないが、自分もまたここで骸《むくろ》となって、朽ち果てることになろう。赤黒く爛《ただ》れた夜空を目に収め、北斗七星が上がってくるまでもつかなと思いつつ、瞼を閉じた。

……どのくらいまどろんでいたか。

いや、気を失っていたようだ。

誰か大きな黒い影が襲いかかってきたようだ。かれは跳ね起きた……つもりだが、全身脱力して思うように身体が動かない。身をもがいて抵抗したが、夢の中から出られないようだった。

誰かの手が自分の手を取って、引っ張っている。

「起きなさい、生きるのよ……」

そんな柔らかい声がした。

声は耳許から聞こえるようでもあり、遠くから響いてくるようでもある。それは聞き覚えがあり、荒れすさんだ気分を甘美に潤した。誘われるように立ち上がっていた。

薄く見開いた目に、自分の手をしっかり取った手が、白い柔らかい女の手に映った。

（郁か……？）

砂の上をよろばいつつ歩き、冷たく流れ込む川を渡ったようだ。

白い手に我が手を絡ませ、ハマナスの咲き乱れる海辺を走っていた。海はどこまでも青く、陽が躍り、海風が心地よかった。着物の裾にちらつく女の白い素足に、胸がときめいた……。

どれだけ走ったのだったか。

川の向こうに蘆《あし》の茂る湿地が広がっていて、かれはそこに立っていた。目の前に小さな船着き場があり、小船が繋がれていた。

白い手に導かれ、かれは乗り込んだ。

船は滑るように夜の海に漕ぎだした。

離れゆく岸の景色の凄まじさに、幸四郎は目を奪われていた。

夜空を焦がす炎は、夜更けても鎮静する様子もない。どこかの砲台の爆薬庫でも爆発しているのか、腹を揺する爆撃音が夜気の中にとどろき、火柱が次々と噴き上がっている。

火は、あの美しくも謎めいた町を焼き尽くしつつあった。

雪囲いをした軒先にいつも大根やイカが吊り下がる家々、雑多な外国人に溢れた租《そ》界《かい》地、贅《ぜい》を凝らした豪商の屋敷、ものものしく塀を巡らした諸藩の陣屋、時化《しけ》の日に町を包む海鳴り、夜ごと闇を彩る遊郭……。

代々の奉行たちが心血注いで築いた町のすべてが、あの炎の中に呑み込まれていくのだ。

身体が震え、涙が頬を伝った。

自分は一体どこにいるのだ、どこに行こうとしているのか。

暗い海峡に目を向けると、一艘の大型船が黒々と碇泊している。その船灯に、ユニオンジャックの旗が見えた。

ハッとして小船に目を戻す。そばで力強く船を漕いでいるのは女ではない、いかつい手をした髭の異人だった。

(ああ……!)

ようやくわれに返った。

現実の手触りが蘇り、自分は冥界《めいかい》に導かれているのではない、と気がついた。何故かこのブラキストン大尉のおかげで、いま戦禍の町を脱しつつあるのだと。

今も戦場にいる榎本や、土方や、高松凌雲や、古河原を思った。草鞋をくれた臼吉、命尽きるまで戦った栗田を思った。

すでに土方歳三は今日、黒羅紗《らしゃ》の詰襟服に陣羽織をまとい、愛刀〝和泉守兼定《かねさだ》〟をかざして一本木関門から馬で出撃し、銃弾を浴びて壮烈な死を遂げていた。
だがそのことを幸四郎はまだ知らない。
皆、生きてほしい、死んでたまるかという思いが胸に溢れた。
さらば美しい海の町、懐かしい戦士たち、生きてまた会おう……と。

あとがき

西向く士《さむらい》

幕末の箱館奉行所の役人たちは、〝西向く士〟だった？

〝西向く士〟とは、子どもの頃に教わったゴロ合わせで、二《に》、四《し》、六《む》、九《く》、そして〝士〟の漢字を開いて十一。つまり、ひと月が三十日以内しかない月の覚え方である。

それはともかくとして、幕末、箱館奉行所のお役人は実に西ばかり見ていた！

それもそのはず、二百六十年も安住してきた〝親方日の丸〟が土台から揺らぎ、西に火煙が上がり始めたのだから。江戸から蝦夷ガ島まで、情報は飛脚便でほぼ一か月、船便では十日、海が荒れるともっとかかった。幕府がいよいよ存亡の危機に瀕すると、情報は錯綜《さくそう》し、誤報やデマが流れ、人々は一喜一憂させられたのである。ついに幕府が瓦解《がかい》し、官軍が攻めて来ると知らされた時は、役人も住民も浮き足立ち、一刻も早く町から逃げ出そうと躍起になったという。

そんな動乱の箱館を仕切ったのが、最後の奉行となった杉浦兵庫頭誠《すぎうらひょうごのかみまこと》である。かれは歴代奉行の中でも、最も困難な時期にその任についただろう。元目付だったから、誰よりも〝西〞の動向を気にかけていたが、未曾有《みぞう》の国難に立ち向かうに際し、自分はただの町奉行ではなく、諸外国を相手にする開港地の奉行であり、北方の守護神であるという自覚を、最後まで失わなかった人物だった。

かれは生涯にわたって日記を書き続けたが、その日記からは〝西向く士〞としての悲哀のドラマが浮き上がってくる。


さていよいよ箱館戦争が始まるのだが、奉行所が官軍と戦ったわけではない。

順序としては、箱館奉行所はいったん閉ざされ↓杉浦らは江戸に帰り↓榎本武揚《えのもとたけあき》が艦隊を率いて江戸を脱走してきて↓新政府の〝箱館府〞が置かれていた五稜郭を乗っ取った、ということになる。

この榎本艦隊には、元老中や若年寄をはじめ、新選組、医師、フランス人軍事教官……など多士済々の人物たちが乗り合わせていた。〝ノアの箱舟〞ならぬ、徳川の〝難民船〞と言えるだろう。

榎本武揚は、日本中に溢れる徳川難民の救済を訴えて、五稜郭に立てこもった。「榎本は甘いな」と新政府の岩倉具視《いわくらともみ》は言ったというが、その訴えが一笑に附された時点で、戦争に突入するわけである。

　巻き添えになり町を焼かれた箱館の人々は、踏んだり蹴ったりだっただろうが、動乱を生き抜き、はからずも〝徳川の最期〟という歴史的一大事に立ち会ったことは、それはそれでやはり得難いことではなかったかと思う。

　さてその後……。

戦争時、ブラキストンは、市中の人々を船に避難させて救ったという。だがかれ自身は、どんなに避難を勧めても湾岸の自宅に頑として居続け、砲弾がリビングを通過しても平然と朝食を取っていた、と自社船カンカイ号のウイル船長は記している。

箱館戦争を共に戦ったイケメンで碧眼《へきがん》のサムライ、ブリュネ大尉は、官軍総攻撃の日にフランス船に避難。免職処分で本国に連行されたが、国では英雄視され、後にフランス陸軍参謀総長まで出世する！

　榎本武揚は、降伏して二年半の入獄の後、罪を許され、その後、通信相、外相などを歴任する。勲一等子爵を授けられ、数々の業績を残し七十三歳で病没。かれの出世を揶揄《やゆ》した福沢諭吉《ふくざわゆきち》の『瘦我慢《やせがまん》の説』は有名である。

箱館病院で、敵味方の区別なく治療を行った高松凌雲《たかまつりょううん》は、新政府の誘いに応じることなく、一介の町医者として貧民を無料で治療し、赤十字運動の先駆者となった。

侠客柳川熊吉《やながわくまきち》は、路上に放置された榎本軍の遺骸を、処罰覚悟でねんごろに埋葬し、後に榎本の協力を得て〝碧血碑《へっけつひ》〟を建てる。

杉浦誠は、五稜郭引継ぎの手際を評価され、開拓史判官として再び函館に着任。ほぼ七年勤務し、七十五歳で東京に没す。

小出大和守は明治二年六月、ちょうど箱館戦争が終わった頃、暗殺と言われる謎めいた死を遂げるが詳細は不明。享年三十六。

さて主人公支倉幸四郎はこの後どう生きていくのか、それは私にも分からない。

箱館奉行所が幕を閉じたところで、このシリーズも一区切りとなるからです。お付き合いくださって有り難うございます。

あれから百五十年後の北海道は、何やかやと全国の視線を浴びることが多く、〝西向く士〟なんてどこの国の話だったかと思う。

森真沙子

時代小説
二見時代小説文庫

海峡《かいきょう》炎《も》ゆ　箱館《はこだて》奉行所《ぶぎょうしょ》始末《しまつ》5

著者　森《もり》　真《ま》沙《さ》子《こ》

発行所　株式会社　二見書房
東京都千代田区三崎町二‐一八‐一一
電話　〇三‐三五一五‐二三一一［営業］
〇三‐三五一五‐二三一三［編集］
振替　〇〇一七〇‐四‐二六三九

印刷　株式会社　堀内印刷所
製本　ナショナル製本協同組合

落丁・乱丁本はお取り替えいたします。
定価は、カバーに表示してあります。

ISBN978－4－576－16051－1
http://www.futami.co.jp/

箱館奉行所始末 異人館の犯罪
森 真沙子［著］

元治元年(一八六四年)、支倉幸四郎は箱館奉行所調役として五稜郭へ赴任した。異国情緒溢れる街は犯罪の巣でもあった！ 幕末秘史を駆使して描く新シリーズ第1弾！

小出《こいで》大和守《やまとのかみ》の秘命 箱館奉行所始末2
森 真沙子［著］

慶応二年一月八日未明。七年の歳月をかけた日本初の洋式城塞五稜郭。その庫が炎上した。一体、誰が？ 何の目的で？ 調役、支倉幸四郎の密かな探索が始まった！

密命狩り 箱館奉行所始末3
森 真沙子［著］

樺太《カラフト》アイヌと蝦夷《えぞ》アイヌを結託させ戦乱発生を策すロシアの謀略情報を入手した奉行小出は、直ちに非情なる命令を発した……。著者渾身の北方のレクイエム！

幕命奉《たてまつ》らず 箱館奉行所始末4
森 真沙子［著］

「爆裂弾を用いて、箱館の町と五稜郭城を火の海にする」という重大かつ切迫した情報が、奉行の小出大和守にもたらされた…。五稜郭の盛衰に殉じた最後の侍達！

日本橋物語 蜻蛉屋お瑛
森 真沙子［著］

この世には愛情だけではどうにもならぬ事がある。土一升金一升の日本橋で店を張る美人女将お瑛が遭遇する六つの謎と事件の行方……。心にしみる本格時代小説

迷い蛍 日本橋物語2
森 真沙子［著］

御政道批判の罪で捕縛された幼馴染みを救うべく蜻蛉屋の美人女将お瑛の奔走が始まった。美しい江戸の四季を背景に、人の情と絆を細やかな筆致で描く第2弾

まどい花 日本橋物語3
森 真沙子［著］
〝わかっていても別れられない〟女と男のどうしようもない関係が事件を起こす。お瑛を捲き込む新たな難題と謎。豊かな叙情と推理で男と女の危うさを描く第3弾

秘め事 日本橋物語4
森 真沙子［著］
武家や大店へ密かに呼ばれ家人の最期を看取り、死を以てその家の秘密を守る〝お耳様〟。それを生業とする老女瀧川。なぜ彼女は掟を破り、お瑛に秘密を話したのか？

旅立ちの鐘 日本橋物語5
森 真沙子［著］
喜びの鐘、哀しみの鐘、そして祈りの鐘。重荷を背負って生きる蜻蛉屋お瑛に春遠き事件の数々…。円熟の筆致で描く出会いと別れの秀作！ 叙情サスペンス第5弾

子別れ 日本橋物語6
森 真沙子［著］
風薫る初夏、南東風と呼ばれる嵐が江戸を襲う中、二人の女が助けを求めて来た。勝気な美人女将お瑛が、優しいが故に見舞われる哀切の事件とは——。第6弾

やらずの雨 日本橋物語7
森 真沙子［著］
出戻りだが、病いの義母を抱え商いに奮闘する蜻蛉屋の女将お瑛。ある日、絹という女が現れ、お瑛の幼馴染の紙問屋の主人誠蔵の子供の事で相談があると言う…。

お日柄もよく 日本橋物語8
森 真沙子［著］
日本橋で店を張る美人女将お瑛に、祝言の朝に消えた花嫁の身代わりになってほしいというとんでもない依頼が…。山城屋の一人娘お郁は、なぜ姿を消したのか？

桜追《はな》い人　日本橋物語9

森真沙子［著］

大店と口八丁手八丁で渡り合う美人女将お瑛のもとに岡っ引きの岩蔵が凶報を持ち込んだ。「両国河岸に、行方知れずのあんたの実父が打ち上げられた」というのだ…。

冬螢　日本橋物語10

森真沙子［著］

天保の改革で吹き荒れる不況風。繁栄日本一の日本橋もその例に洩れず、お瑛も青色吐息の毎日だが…。賑わいを取り戻す方法は⁉ 江戸下町っ子の人情と知恵！

闇公方《やみくぼう》の影　旗本三兄弟 事件帖1

藤水名子［著］

幼くして父を亡くし、母に厳しく育てられた、徒目付組頭の長男・太一郎、用心棒の次男・黎二郎、学問所に通う三男・順三郎。三兄弟が父の死の謎をめぐる悪に挑む！

徒目付《かちめつけ》密命　旗本三兄弟 事件帖2

藤水名子［著］

徒目付組頭としての長男太一郎の初仕事は、若年寄からの密命！旗本相手の贋作詐欺が横行し、太一郎は、敵をあぶりだそうとするが、逆に襲われてしまい……。

六十万石の罠　旗本三兄弟 事件3

藤水名子［著］

尾行していた吟味役の死に、犯人として追われる太一郎。何者が何故、徒目付を嵌めようとするのか⁉ お役目一筋が裏目の闇に見えぬ敵を両断できるか！第3弾！

将軍の跡継ぎ　御庭番の二代目1

氷月葵［著］

家継の養子となり、将軍を継いだ元紀州藩主・吉宗。吉宗に伴われ、江戸に入った薬込役・宮地家二代目「加門」に将軍吉宗から直命下る。世継ぎの家重を護れ！

公家武者 松平信平《のぶひら》 狐のちょうちん

佐々木裕一［著］

後に一万石の大名になった実在の人物・鷹司松平信平。紀州藩主の姫と婚礼したが貧乏旗本ゆえ共に暮せない。町に出ては秘剣で悪党退治。異色旗本の痛快な青春！

姫のため息 公家武者 松平信平2

佐々木裕一［著］

江戸は今、二年前の由比正雪の乱の残党狩りで騒然。背後に紀州藩主頼宣追い落としの策謀が……!? まだ見ぬ妻と、舅を護るべく、公家武者松平信平の秘剣が唸る！

四谷の弁慶 公家武者 松平信平3

佐々木裕一［著］

結婚したものの、千石取りになるまでは妻の松姫とは共に暮せない信平。今はまだ百石取り。そんな折、四谷で旗本ばかりを狙い刀狩をする大男の噂が舞い込んできて…。

暴れ公卿 公家武者 松平信平4

佐々木裕一［著］

前の京都所司代・板倉周防守が狩衣姿の刺客に斬られた。狩衣を着た凄腕の剣客ということで、疑惑の渦中の信平に、老中から密命が下った！ シリーズ第4弾！

千石の夢 公家武者 松平信平5

佐々木裕一［著］

あと三百石で千石旗本！ そんな折、信平は将軍家光の正室である姉の頼みで父鷹司信房の見舞いに京へ…。松姫への想いを胸に上洛する信平を待ち受ける危機とは!?

妖《あや》し火 公家武者 松平信平6

佐々木裕一［著］

江戸を焼き尽くした明暦の大火。千四百石となっていた信平も屋敷を消失、松姫の安否も不明。憂いつつも庶民救済と焼跡に蠢く企みを断つべく、信平は立ち上がった！

十万石の誘い　公家武者 松平信平7
佐々木裕一［著］

明暦の大火で屋敷を焼失した信平。松姫も紀州で火傷の治療中。そんな折、大火で跡継ぎを喪った徳川親藩十万石の藩士が信平を娘婿にと将軍に強引に直訴してきて…。

黄泉《よみ》の女　公家武者 松平信平8
佐々木裕一［著］

女盗賊一味が信平の協力で処刑されたが頭の獄門首が消え、捕縛した役人も次々と殺された。下手人は黄泉から甦った女盗賊の頭!? 信平は黒幕との闘いに踏み出した！

将軍の宴　公家武者 松平信平9
佐々木裕一［著］

四代将軍家綱の正室顕子女王に京から刺客が放たれたとの剣呑な噂が…。老中らから依頼された信平は、家綱主催の宴で正室を狙う謎の武舞に秘剣鳳凰の舞で対峙する！

宮中の華　公家武者 松平信平10
佐々木裕一［著］

将軍家綱の命を受け、幕府転覆を狙う公家を倒すべく信平は京へ。治安が悪化し所司代も斬られる非常事態のなか、宮中に渦巻く闇の怨念を断ち切ることができるか！

乱れ坊主　公家武者 松平信平11
佐々木裕一［著］

信平は京で息子に背中を斬られたという武士に出会う。京で〝死神〟と恐れられた男が江戸で剣客を襲う!? 身重の松姫には告げず、信平は命がけの死闘に向かう！

領地の乱　公家武者 松平信平12
佐々木裕一［著］

天領だった上総国長柄郡下之郷村が信平の新領地に。坂東武者の末裔を誇る百姓たちと公家の出の新領主の相性は!? 更に残虐非道な悪党軍団が村の支配を狙い…。

赤坂の達磨《だるま》　公家武者 松平信平13
佐々木裕一［著］

信平は桜田堀で、曲者に囲まれた一人の老侍を助けた。男は元備中成井藩の江戸家老で、達磨先生と呼ばれる男であった。五万石の備中の小藩に吹き荒ぶ嵐とは!?